Leichte sittliche Verfehlungen

DEM BEFLECKER

Mercedes Abad

LEICHTE SITTLICHE VERFEHLUNGEN

Erotische Geschichten

aus dem Spanischen
von Willi Zurbrüggen

Eichborn Verlag

Titel der Originalausgabe:
LIGEROS LIBERTINAJES SABATICOS
erschienen bei TUSQUETS, Barcelona

Titelaufnahme der Deutschen Bibliothek
Abad, Mercedes:
Leichte sittliche Verfehlungen : erotische Geschichten /
Mercedes Abad. Aus dem Span. von Willi Zurbrüggen. -
Frankfurt am Main : Eichborn, 1991
ISBN 3-8218-0354-1

Lektorat: Doris Engelke.
Umschlaggestaltung: Uwe Gruhle unter Verwendung
einer Zeichnung von Detlef Surrey.
Satz: ELJOT Fotosatz, Frankfurt am Main.
Druck und Bindung: Wiener Verlag, Himberg.
ISBN 3-8218-0354-1.
Verlagsverzeichnis schickt gern:
Eichborn Verlag, Hanauer Landstraße 175,
D-6000 Frankfurt am Main 1

INHALTSVERZEICHNIS

LEICHTE SAMSTÄGLICHE AUSSCHWEIFUNGEN

Samstags gab Frau Johnson immer ein herrliches Fest.

Die Freunde von Herrn und Frau Johnson eilten stets mit großem Vergnügen zu den Festen, die Frau Johnson jeden Samstag gab.

Unter den Feinden von Herrn und Frau Johnson wurde geflüstert, daß es bei den Festen, die Frau Johnson samstags gab, ein wenig freizügig zugehen sollte.

Frau Johnson wußte, was geflüstert wurde, und lächelte vergnügt.

Die Gerüchte hinderten Frau Johnson nicht, ihre herrlichen Samstagsfeste auch weiterhin zu geben.

Zu den herrlichen Festen der Frau Johnson kamen fast immer dieselben Gäste: das Ehepaar Ferguson, das Ehepaar Smith, das Ehepaar Robertson, das Ehepaar Adams und die Witwe von Herrn Peterson, der in Frieden ruhe. Alle Gäste, die regelmäßig zu den herrlichen Festen der Frau Johnson kamen, waren bezaubernd. Daß Herr Peterson nicht mehr lebte, hieß nicht, daß er nicht bezaubernd gewesen war.

Bevor er starb, hatte Herr Peterson regelmäßig an den herrlichen Festen von Frau Johnson teilgenommen. Jetzt, da Herr Peterson verschieden war, kam die Witwe von Herrn Peterson zu den Festen der Frau Johnson in Begleitung ihres Kanarienvogels.

Der Kanarienvogel nahm an den Festen der Frau Johnson im Ausschnitt der Witwe Peterson teil, schaute zwischen den beiden wogenden Brüsten hervor und verzückte das Gehör der Gäste mit seinem melodischen Gezwitscher.

Die Witwe von Herrn Peterson versicherte, der Kanarienvogel sänge nur, wenn er in ihrem Ausschnitt säße. Die Witwe von Herrn Peterson log, und alle Gäste wußten es.

Daß die Witwe von Herrn Peterson sich zu den herrlichen Festen der Frau Johnson von ihrem Kanarienvogel begleiten ließ, wurde allgemein als ein Zeichen der Trauer und der Achtung vor dem verstorbenen Herrn Peterson angesehen.

Es war auch bekannt, daß die Witwe von Herrn Peterson sich geschworen hatte, den

Kanarienvogel niemals durch einen anderen Vogel zu ersetzen. Niemals.

Alle bewunderten die hingebungsvolle Treue der Witwe Peterson. Seit ihr Gatte verstorben war, hatte sie nicht einmal den Kanarienvogel gewechselt.

Auf den herrlichen Festen von Frau Johnson wurden stets bestimmte Bräuche gewahrt. Beim Essen saß Frau Adams neben der Witwe Peterson; Frau Ferguson und Herr Smith setzten sich côté à côté Herrn Ferguson gegenüber; und die Frauen Robertson und Smith flüchteten sich an ein Kopfende des Tisches, so weit wie möglich von ihren Ehegatten entfernt.

Die Kinder des Ehepaars Johnson nahmen nie an einem der Feste teil. Die Kinder des Ehepaars Johnson hielten die Feste, die ihre Mutter jeden Samstag gab, ehrlich gesagt, für langweilig. Die Kinder des Ehepaars Johnson zogen es vor, sich in ihre Zimmer zurückzuziehen. Die Kinder des Ehepaars Johnson ächzten und stöhnten sehr vernehmlich, wenn sie in ihren Zimmern waren. Alle wußten, was in den Kinderzimmern der Eheleute Johnson vor sich ging. Die Gäste schauten das Ehepaar Johnson mitleidig an. Alle Gästen wußten, daß das Ehepaar Johnson das, was sich zwischen seinen Kindern abspielte, nur samstagsabends duldete. An keinem anderen Tag der Woche. Die Gäste verstanden die Haltung der Eheleute Johnson vollkommen.

Die Kinder des Ehepaars Johnson waren glücklicherweise Jungen, und das Ehepaar Johnson brauchte sich daher nicht um das Problem der Verhütung zu kümmern. Das war für das Ehepaar Johnson sehr tröstlich.

An jedem Samstag stand Herr Robertson nach dem ersten Gang auf, entschuldigte sich hastig bei den übrigen Gästen und verließ das Zimmer. Aber er verließ nicht das Haus des Ehepaars Johnson. Alle wußten, was Herr Robertson tat. Alle aßen und tranken weiter.

Die Vorurteilslosigkeit gegenüber anderen war auch so ein Brauch, den man auf den herrlichen Festen bei Frau Johnson pflegte. Drang hin und wieder ein Stöhnen aus einem der Kinderzimmer, so begannen all die bezaubernden Gäste der Eheleute Johnson laut zu schmatzen, bis die Geräusche der Lust verklungen waren.

Auf den herrlichen Festen von Frau Johnson herrschte Diskretion. Der Konversationston war freundlich, entspannt, vorbildlich.

Während des zweiten Gangs verbrachte

Herr Smith fünf Minuten damit, starr und ohne zu blinzeln in den bezaubernden Ausschnitt von Frau Ferguson zu schauen. Frau Ferguson holte eine ihrer Brüste heraus und gestattete Herrn Smith, sie weitere fünf Minuten lang zu liebkosen. Danach schaute Frau Ferguson schuldbewußt zu ihrem Mann, aber Herr Ferguson war am Tisch eingeschlafen. Von ehelicher Leidenschaft jäh ergriffen, pflegte Frau Ferguson dann aufzustehen, zu ihrem Mann zu gehen und ihn heiß auf den Mund zu küssen, woraufhin er erwachte und ihren Kuß freundlichst erwiderte. Das Essen nahm derweil seinen Lauf, als sei nichts geschehen.

Doch für den Rest des Abends litt Frau Ferguson enorm darunter, daß ihr Mann nicht eifersüchtig war.

Alle Gäste bemitleideten Frau Ferguson, mit Ausnahme von Herrn Smith. Herr Smith war ernsthaft erbost über Frau Ferguson, weil sie ihm nie mehr als ihre rechte Brust gewährte. Sie hatte ihm noch nicht einmal erlaubt, ihre linke anzusehen.

Frau Johnson gab jeden Samstag ein herrliches Fest. Frau Johnson war eine großartige Köchin. Die köstliche Kaffee-Creme mit zermahlenen Trockenfrüchten und Schokolade, die Frau Robertson so gerne aus der geöffneten Vulva von Frau Smith aß, war eine Spezialität von Frau Johnson.

Frau Smith willigte immer ein.

Frau Robertson verschwand zur Nachspeise unter dem Tisch. Niemand achtete auf den Gesichtsausdruck von Frau Smith, wenn Frau Robertson von ihrer Vulva kostete.

Auf den herrlichen Festen von Frau Johnson herrschte absolute Diskretion. Alle Gäste wußten jedoch, daß Frau Smith sehr angetan war von dem, was Frau Robertson in ihrer Muschel trieb.

Wenn Frau Robertson ihre köstliche Nachspeise von Kaffee-Creme mit zermahlenen Trockenfrüchten und Schokolade beendet hatte, setzte sie sich wieder neben Frau Smith an den Tisch und äußerte laut ihr Befremden über die Abwesenheit von Herrn Robertson.

Alle wußten zwar, wo Herr Robertson war und was er gerade tat, aber alle gaben vor, ebenso befremdet zu sein wie Frau Robertson.

Frau Robertson schlug dann stets vor, das Haus nach Herrn Robertson zu durchsuchen.

Da auf den herrlichen Festen der Frau Johnson Gemeinschaftssinn und herzliche

Anteilnahme herrschten, sprangen alle auf, um Herrn Robertson zu suchen.

Herr Robertson wartete schon gespannt.

Jeder wußte das.

Man fand ihn immer im Billardsalon, wo er versuchte, die Kugeln mit seiner Stange zu stoßen. Herr Robertson hatte einen Phallus von fast vierzig Zentimetern Länge. Herr Robertson litt darunter, daß seine Frau lesbisch war und Frau Smith liebte. Frau Smith litt auch, weil sie sich schuldig fühlte.

Das einzige, woran Herr Robertson Spaß hatte, war, sein Glied zu entblößen und damit Billard zu spielen.

Keiner der Gäste wunderte sich beim Anblick des maßlosen Glieds von Herrn Robertson. Der einzige Mensch, der beim Anblick von Herrn Robertsons entblößtem Glied ein bekümmertes Gesicht machte, war Herr Adams. Herr Adams trat jedesmal zu Herrn Robertson, holte sein eigenes Glied aus der Hose, verglich es mit dem von Herrn Robertson und begann haltlos zu weinen.

Frau Adams war nie zur Stelle, um ihn zu trösten.

Alle Welt wußte, wo Frau Adams steckte.

Wenn beschlossen wurde, sie zu suchen, lief man erst einige Male durchs Haus, ohne sie zu finden. Herr Adams heulte immer herzzerreißender. Alle wußten, daß nur Frau Adams ihn zu trösten vermochte.

Wenn sie Frau Adams im Garten fanden, entdeckte die Witwe Peterson, daß sie ihren Kanarienvogel verloren hatte.

Aller Blicke richteten sich auf den Ausschnitt von Frau Peterson. Das Nest zwischen den beiden voluminösen Brüsten der Witwe Peterson war von einer schmerzlichen Leere.

Dann vernahmen die Gäste ein Zwitschern, das aus dem Innern von Frau Adams kam, und zehn Paar Augen wandten sich Frau Adams zu.

Frau Adams spreizte die Beine und zog einen Kanarienvogel aus ihrem Schoß, übergab ihn seiner Eigentümerin und stürzte reumütig zu Herrn Adams, um ihn zu trösten. Herr Adams nahm ihre Tröstungen an. Herr Adams konnte die Rute von Herrn Robertson vergessen.

Herr Robertson vergaß die Länge seiner Rute, warf einen dichten Schleier über die Homosexualität seiner Frau, schloß sie heiß in seine Arme und verabschiedete sich von den Gästen und von Herrn und Frau Johnson.

Alles war im selben Moment absolut vergessen, und Herr und Frau Johnson empfingen stolz die dankbaren Abschiedsworte der Gäste, darüber, wie herrlich doch das Fest gewesen war.

Wenn die Gäste gegangen waren, rauchten Herr und Frau Johnson zusammen noch eine letzte Zigarette und planten dabei das Fest für den nächsten Samstag.

Danach gingen Herr und Frau Johnson in ihre Schlafzimmer hinauf. An der Schlafzimmertür von Herrn Johnson gab Frau Johnson ihrem Mann einen verzagten Kuß.

Herr Johnson war impotent. Herr Johnson war immer impotent gewesen.

Frau Johnson hatte immer gewußt, daß er impotent war.

Das Lächeln von Frau Johnson war ebenso herrlich wie die Feste, die sie samstags gab.

Die Kinder von Frau Johnson waren nicht die Kinder von Herrn Johnson. Die Kinder von Frau Johnson waren nur mütterlicherseits inzestuös veranlagt.

Die Kinder von Frau Johnson wußten das.

Die Kinder von Frau Johnson warteten begierig auf die Samstagabende.

ZWEI UNVERGESSLICHE FREUNDE oder DIE EROTIK DER DEDUKTION

Watson zog ernsthaft die Möglichkeit eines Rückzugs in Betracht. Sein Körper hatte sich in einem peinlichen Kraftakt vergeblich und ohne Überzeugung abgemüht, Lust zu empfinden. Er fühlte, wie sein Phallus sich benahm, als ginge ihn das ganze Spiel nichts an, selbstvergessen und vollkommen gleichgültig gegenüber dem feuchten, erwartungsvollen Loch, das ihn für sich beanspruchte. Watson hörte den anderen Körper ob des plötzlichen Entzugs harsch protestieren und empfand nicht das geringste Schuldgefühl. Es war merkwürdig, wirklich äußerst merkwürdig. Sein Körper hatte zwar keine Lust empfunden, aber seine Seele fühlte sich leicht und unerwartet beschwingt.

Das Glück führte ihn gleich darauf in sein Pub, wo er jene ungewöhnliche Verrichtung mit Whisky feierte. Aber was feierte er in Wirklichkeit?

Einer Sache war sich Watson sicher: Jene Episode konnte unmöglich bedeuten, daß er jetzt unwiderruflich zum Kreis der klimakterischen Männer gehörte. Mit seinen fünfundvierzig Jahren fühlte er sich noch wie ein junger Mann, kräftig und von nicht alltäglicher erotischer Bereitschaft. Was mochte also der Grund für sein unerwartetes Versagen gewesen sein? Ein Versagen, das umso unverständlicher war, als er sich seit Tagen in einer zutiefst sinnlichen Phase befand.

Watson bemerkte, daß seine Hose sich wölbte und eine Welle der Geilheit ihn überschwemmte. Trieb sein Schwanz etwa Späße mit ihm? War er im Begriff, Onanist zu werden?

Der nächste Whisky brachte ihm jedoch die Erleuchtung. Der alkoholische Nebel führte ihm eine Szene vor Augen, die ihn zutiefst verwirrt hatte.

Sein Glied bäumte sich auf, als er an den herrlichen Schwanz dachte, den er für höchstens drei Sekunden durch den Spalt einer vom ränkeschmiedenden Schicksal offengelassenen Tür erblickt hatte. Den steif aufgerichteten Phallus von Holmes unter dem kalten Wasser einer morgendlichen Dusche. Holmes' Phallus, der dem Wasserstrahl trotzte. Ein sein Glied waschender Holmes, eine halboffene Tür und Watson, vor Begehrlichkeit bebend, in einem englischen Pub.

»Sauberer Schwanz, duschender Schwanz«, flüsterte Watson unhörbar.

2

»Das wäre wunderbar. Es wäre eine immerwährende Herausforderung an deinen Verstand.

Wage es und stürze dich in ein Meer von Zeichen, Indizien, entscheidenden Details, Analysen, logischen Deduktionen und semiotischen Methoden. Entledige dich allem und nähre dich mit Hinweisen. Baue nur auf deine Urteilsfähigkeit.

Wage und gewinne, spiele und verführe. Bezwinge. Zeige ihnen, daß alles eine Erklärung hat und kein Rätsel deiner Verstandeskraft widersteht.

Zögere nicht, zweifle nie.

Wage und gewinne.«

Wohin hatte er ihn geführt, jener hehre Eifer, das Leben in seine Einzelteile zu zerlegen, es mit seinem unbarmherzigen Skalpell zu sondieren und sich wie ein Fährtenhund in den tausend Pfaden der Logik zu verlieren?

Wage und gewinne.

Im ewigen Halbdunkel seines Zimmers hatte sich das Dasein auf einen Aspekt reduziert, wie er grotesker und vulgärer nicht mehr vorstellbar war.

Wage und gewinne.

Noch nie war er von einem so anhaltenden Kummer heimgesucht worden wie dem, der sich an jenem Nachmittag seiner bemächtigt hatte. Sein bisheriges Leben war mit der Kälte und Präzision einer Gleichung abgelaufen. Seine persönlichen Archive waren frei von Höhen und Tiefen. Die einzige Leidenschaft, die je seine Lippen geküßt hatte, war die Logik. Die Logik war die süßeste, die tückischste, die erbarmungslos süchtigmachende Droge.

Wage und gewinne. Spiele und verführe.

Langsam verursachte ihm die tägliche Dosis jedoch einen bitteren Geschmack auf der Zunge. Gequält saugte Holmes gierig an seiner Pfeife, auf deren glatten Mundstück seine Lippen eine feuchte Spur hinterließen.

»Wo bleibt denn nur dieser verdammte Watson? Es ist schon nach sieben, und eine gepflegte Unterhaltung mit diesem unverbesserlichen Herumtreiber würde mich ablenken. Ich werde solange eine Dusche nehmen. Eine Dusche und danach ein Abendessen mit französischem Champagner.«

3

»Sauberer Schwanz, allzu sauberer Schwanz. Wer könnte es wagen, dich zu beflecken?«

Watson fragte sich, wie und wann sich das Gespenst von Holmes' Jungfräulichkeit in sein mürbes Hirn eingenistet hatte. Hatte Holmes irgendeine Andeutung gemacht, den Versuch zu einem Geständnis in dieser Richtung erkennen lassen, oder hatte er, Watson, sich diese ganze Geschichte zusammenfabuliert?

»Jungfräulicher Schwanz, sauberer Schwanz, unanständiges Köpfchen, eifersüchtig behütet, nur um dem Kuß der Würmer anheimgegeben zu werden. Kannst du dir vorstellen, daß eine gut gelutschte Eichel dich ein für allemal von deinen deduktiven Geniestreichen abbringen würde?«

Trotz der engen Freundschaft, die sie verband und trotz der zahllosen Gelegenheiten, bei denen Watson bei der ausführlichen Schilderung der saftigsten Einzelheiten seiner Liebesabenteuer ins Schwärmen geraten war, hatte Holmes ihm nicht eine einzige Liebelei gestanden.

»Nicht einmal im Traum ist dieser logische Unschuldsschwengel, dieser nur von Wasser beleckte Duschenschwengel in saugende Abgründe getaucht.«

Watson unternahm gar nicht erst den Versuch, seine Phantasie zu bremsen: Er verfolgte dieses großartige Glied, bis er es mit seinen Lippen umschloß, bis er es im sanften Sog seines Mundes heranwachsen spürte, bis er die weiche Kapuze beknabbern und den prallen Kopf in seinem Speichel baden konnte. Danach zog er sich zurück, drohte mit erotischer Diaspora; Holmes' unbefriedigter, aufgeschreckter Phallus verlangte nach seinen Lippen, nach seiner Zunge; Holmes' Phallus hingegeben und zukkend vor seinem Gesicht, bebend, pochend, hart und heiß und glänzend in jungfräulicher Gier.

Holmes' wohlriechende Rute beschmutzen, sie mit dem Geruch und der Feuchtigkeit seines Speichels beflecken, sie mit Küssen zersetzen. Er würde sie anspucken, diese Rute, sie sabbernd mit schleimiger Geilheit bedecken, sie aussaugen, seinen ganzen Leib mit ihr abreiben und sie schließlich in ihrer ganzen jungfräulichen, unbefriedigten, bettelnden Lüsternheit stehenlassen.

»Du flehender Schwanz, mein erster Anwärter auf die Lust, mein kleiner, Zärtlichkeit heischender Schwanz, mein Schwänzchen, das erst heiß gemacht und dann verlassen werden will.«

Vor dem endgültigen Höhepunkt verwaist und im Stich gelassen; der letzte Rausch gehörte ihm allein.

»Holmes verschmäht, verblüfft, gebrochen, vor Erregung starr, endlich verführt.«

Die Aussicht, Holmes zu initiieren und ihm zugleich eine Lust zu versprechen, derer er nie teilhaftig würde, ließ Watsons Glied bis zur Schmerzgrenze wachsen und erhärten. Unterhosenmartyrium. Es mußte diesem mit einem Mal so unangenehmen Kleidungsstück entfliehen.

»Ins Freie stoßen, den züchtigen Holmes bedrängen, seine Libido zerzausen.«

Würde dieser Holmes sich dann etwa in ein hungriges, geiles Tier verwandeln? Würde er eine haarsträubende Karriere als Sexprotz beginnen?

Watson wußte jedoch genau, daß dieser hypothetische, in Liebesscharmützeln erfahrene, einem durchgehenden Gaul ähnelnde Holmes ihn nicht mehr interessieren würde. Er bevorzugte die keusche Blüte aus der Dusche, deren pathologische Reinheit er beflecken wollte, mit Schmutz bepacken, was Holmes jeden Morgen so sorgfältig unter der kalten Dusche säuberte. Holmes, mit Schwamm und Seife sein Glied umschäumend, Büßer seiner unbestechlichen Rationalität, kein Mensch, sondern wandelnde Urteilskraft.

»Du makelloser Schwanz, so unbedarft in Liebesdingen.«

Watson konnte das Zittern nicht unterdrücken, mit dem Verderbtes und Erhabenes wieder einmal ihren Pakt ewiger Brüderlichkeit bekräftigten.

Einmal nur Holmes verunsichert sehen, Holmes rührend und schutzbedürftig, Holmes zerstört, Holmes als Antithese seiner selbst.

Ja, er mußte Holmes zuvorkommen. Viele Jahre schon hatte er, im Schatten einer weniger auf mitreißende Demonstrationen ihrer Klugheit Wert legenden Persönlichkeit verkrochen, auf den Augenblick gewartet, jene regelmäßige Form ohne Risse und ohne Trübungen zu verführen und zu zerbrechen.

Der ersehnte Moment näherte sich jetzt mit Riesenschritten. Watson zahlte seine sechs Whiskies, verließ das Pub und machte sich auf den Weg zu der Wohnung, die er seit einiger Zeit mit seinem unsäglichen Freund Holmes, dem Spürhund, Holmes dem Fährtensucher, Holmes dem Kloakenschnüffler teilte. Eine Spürnase, die noch nie einen guten Schwanz gerochen hatte.

4

Eine knochige, nervöse kleine Hand drehte den Kaltwasserhahn auf. Geräusch von Wasser und hastigem Sichausziehen. Platschende Füße im Duschbecken. Ein hagerer, reifer Körper stellt sich unter den dicken Strahl kalten Wassers.

Drei, vier Sekunden? Die knochige, nervöse kleine Hand zögerte nur einen ganz kurzen Moment vor dem Schwamm. Kaum war der Schwamm dem Zentrum der Aufmerksamkeit entrückt, schon fuhr die Hand entschlossen an ein unter dem dicken Kaltwasserstrahl langsam sich hebendes Glied. Die Hand massierte das Glied mit sanften Bewegungen anfangs, doch mit steigendem Rhythmus. Der Aufstieg dieses Schwanzes war prachtvoll; die Höhe schien ihm keinerlei Schwindel zu bereiten.

In das Geräusch des Wassers mischte sich ein unüberhörbares Keuchen, und Schwamm und Seife, die beide zur Zeit unbeschäftigt waren, beobachteten die Szene vom hintersten Winkel der Duschkonsole aus.

5

»Unerschütterlicher Schwanz.«

Falls Holmes eines Tages beschlösse, sein Glied in einem Fluß oder einem Ozean zu waschen, würde Watson Fischer werden, um sich das begehrte Stück zu angeln. Beim Gott der Zeugungskraft, beim Eichelkönig.

Er schielte vor Vergnügen auf dem Weg nach Hause und leckte sich die Lippen bei der Vorstellung, wie überrascht Holmes wäre, wenn er ihm deutlich und mit Nachdruck sein Begehren äußerte.

Wo war der verdammte Spürhund bloß, der Nager an fremden Rätseln, der Berufsspanner schlechthin? Etwa unter der Dusche?

Watson mußte unwillkürlich lächeln; die so überaus gewissenhafte Hygiene würde Holmes nichts nützen; sein prachtvoller Schwanz würde so tief in den Schmutz gezogen, daß er Gefallen daran fände, ohne seine absurde Fahne der Unschuld einholen zu müssen. Er wollte nicht sehen, wie er zum Höhepunkt kam. Dem würde er ihm bis ganz zum Schluß vorenthalten; er wollte ihn unbefleckt, und er hatte nicht die geringste Lust, Zeuge und Verursacher seiner Ejakulation zu sein und jenen Samen zu riechen, den zu vergießen Holmes sich bisher zu schade gewesen war.

Für einen Moment stellte er sich den alles mitreißenden Sturzbach vor, in den der Ausbruch jener so viele Jahre unterdrückten Lust münden würde, und ein Gefühl von Übelkeit stieg in ihm auf.

Trotzdem beschleunigte Watson seine Schritte in Richtung jener Libido, die von der aufmerksamsten aller Vestalinnen bewachte wurde. Nur noch wenige Schritte trennten ihn von seiner finsteren Rache. Willkommene Rache an einem Mann, den er zu sehr geliebt hatte, dem er sich ob seiner Faszination in vielerlei Hinsicht unterworfen hatte.

»Ihn zermalmen. Seinen Schwanz besudeln.«

Jetzt war die Reihe an ihm.

Watson hielt auf der Schwelle inne; eine lange, elegante, sinnliche Hand zog einen Schlüsselbund aus seiner Hosentasche, wählte einen Schlüssel aus und steckte ihn ins Schloß, in dem sich nicht der leiseste Widerstand regte. Es gab seinem Drängen anstandslos nach.

John Watson war eine Bombe, die kurz vor der Explosion stand; er hastete durch das Erdgeschoß des Hauses, ohne zu finden, was er suchte.

John Watson war jetzt schattenhafter denn je zuvor; seine Gestalt war von den letzten Zuckungen des Sonnenlichts verdunkelt, doch sobald er im oberen Stockwerk angelangt war, wußte er, daß das Glück ihn mit liebevollen Augen ansah: durch den Spalt der Badezimmertür fiel Licht. Wieviel Licht eine einfache Dusche verströmen konnte! Und welch harmonisches Geräusch der herabrauschende Wasserstrahl hervorbrachte!

Er lauschte nur einige Minuten, aber es waren Minuten von der Art, die die Eigenschaft haben, sich zu Ewigkeiten zu dehnen.

Eine lange, elegante, sinnliche Hand ergriff schließlich den Türknauf, der von seiner tragenden Rolle in dieser Komödie nichts wußte.

Als die Badezimmertür aufgestoßen wurde, hatte Sherlock Holmes, der berühmte

Detektiv, die einzigartige Gelegenheit, seinen unzertrennlichen Freund John Watson im wahrsten Sinne des Wortes entgeistert zu sehen.

Als die Badezimmertür aufflog, wich Watson einen Schritt zurück und verspürte zugleich jenes enorme Privileg, das ein herzzerreißender Schmerz manchmal sein kann: In diesem Augenblick nämlich schoß ein Wölkchen von Sperma aus der reifen Rute von Holmes, dem Unbefleckten, und landete lautlos auf den Fliesen der Dusche. Sherlock Holmes hatte seine eigene Methode, sich den Schwanz zu beschmutzen.

Obwohl entschieden demoralisiert, wußte Watson die Niederlage einzustecken und begrüßte die Salve mit einem bündigen:
»Oh God, what a jolly mess!«

KREUZIGUNG DES KREISES

Vorstadthure, du Tumor, der sich in mein Gehirn gefressen hat. Heute habe ich das siebte Kreuz in meinen Kalender eingezeichnet. Sieben Kreuze, eines nach dem andern. Sieben Kreuze ohne die Erleichterung des Kreises. Noch ein paar Kreuze mehr, und mein Kalender sieht aus wie ein Friedhof. Dich werde ich im Sarg meiner Erinnerung begraben, und kein Mensch wird je nach dir fragen. Mein minutiös markierter Kalender soll dein Grabtuch sein.

Kreuze.

Kreise.

Die Zeit ist aufgeteilt zwischen deiner Anwesenheit und deiner Abwesenheit: ein Kreuz, wenn ich dich nicht sehe, ein Kreis, wenn du mir die Ehre deiner Anwesenheit gibst. Die Ehre deiner Anwesenheit. Verlorene Tage und vergoldete Tage. Kreuz Kreis. Jetzt habe ich das siebte Kreuz hintereinander eingetragen.

Sieben Kreuze in einer Reihe, sieben Tage

ohne dich, ohne dich zu sehen, ohne dich zu berühren, ohne dich zu riechen, ohne dich zu hören, sieben Tage im Bann einer Telefonleitung, an deren Ende du dich nicht meldest, sieben Tage eingetaucht im unaufhörlichen Schrillen, das deine Wohnung zerreißt und nicht an deine Ohren dringt. Ich habe die Ehre deiner Abwesenheit, die Ehre siebentägigen Kreuzemalens in der entsetzlichsten aller Einsamkeiten, in der ich mit unterschiedlichstem Gesöff meinen Schlund gelabt, aber die beabsichtigte und hochgerühmte Wirkung - eine fortschreitende nirwanische Verblödung, *le vert paradis des amours enfantines* nehme ich an - trotz aller Ausdauer nicht erzielt habe. Noch immer schmecke ich die dicke Tinte, die alles andere überdeckt. Dein Gesicht ist jetzt ein Kreuz.

Sieben Tage zerknirschter Ungläubigkeit ob deiner beharrlichen Abwesenheit, des totalen Fehlens eines Lebenszeichens von dir. Ich habe festgestellt, daß es sinnlos ist, vor dem Telefon zu sitzen und es herausfordernd anzustarren. Warum, weiß ich nicht, aber ich hatte mir vorgestellt, dieser Trick funktioniere. Mittlerweile ist der stumme Apparat mein gefährlichster und heimtückischster Feind geworden.

Sprich stumm, sing mir den Tango.

Vor vier Kreuzen noch fühlte ich mich wunderbar in Übereinstimmung mit mir selbst, war es mir doch gelungen, meine Unruhe, wohlverpacktundineineluftdichtverschlosseneKonservendosegepreßt, zu binden. Doch dann war das luftdicht verschlossene Behältnis so geschmacklos, wie das faulende Gedärm eines Masthuhns zu zerplatzen, und das – offengestanden übelriechende – Ergebnis war das folgende:

Ich kann ohne dich maximal drei Tage leben, zweiundsiebzig Stunden Widerstand, drei herrliche Kreuze.

Ich werde meinen Fall dem Direktor des Guinness Book of Records vorlegen. Eine großartige Marke.

Ich könnte Roulette spielen auf meinem Kalender. Rot Schwarz, Pair Impair, Kreuz Kreis. Noch getraue ich mich nicht, die Konstanten zu studieren, die ewigen Retouren, die Zyklen, den neckischen Hohn des Kreuzes und des Kreises. Gewährtest du mir heute das Privileg deiner Anwesenheit, würde die letzte Kombination KREIS KREUZ KREUZ KREUZ KREUZ KREUZ KREUZ KREUZ KREIS lauten, das heißt, du quälst mich, du geißelst mich, du erschütterst mich, du vernichtest mich, lachst mich aus, elende Schlange, Lügenhure, Drecksnutte, Niedertracht auf zwei Beinen, ordinäres Flittchen. Du bist so klein, so augenfällig klein, daß es schmerzt. Du verdrängst nicht mehr Raum als eine Erbse, und doch schmerzt deine Kleinheit wie die Erbse im Märchen durch sieben Matratzen hindurch. Du bist wie ein Tumor, eine Infektion, die mit rasender Geschwindigkeit jede einzelne Zelle eines vormals kräftigen Organismus zerstört. Ich glaube, ich beginne dich zu hassen. Und du bist heute nicht gekommen.

Morgen vielleicht.

Mein Delirium in der Nacht war einmal mehr Beweis dafür, wie schlecht ich auf das Leben vorbereitet bin. In meinem verseuchten Traum sehe ich einen von Kreuzen gesäumten Weg. Ich zähle neunzehn, bevor ich zum Kreis gelange. Ich erreiche ihn hinkend, bin nur noch ein Stumpf, vom Warten geschändet. Ich stelle mir das von einem Spiegel reflektierte Bild meiner selbst vor und werde von Ekel gepackt. Doch dann sehe ich dich lächelnd im Kreis, zurückgelehnt, mein Wohlergehen, mein Balsam, mein Heilwasser. Aus meinem Haß wird das verliebte Lächeln eines glücklichen Galans, den sie verführerisch lächelnd in einem Kreis zurückgelehnt erwartet. Meine Liebe, Großbuchstabe meines Herzens, mein wirst du sein in einem Kreis, geliebter Fisch im Aquarium, ich werde deine Schuppen berühren, und du wirst dankbar mit der Schwanzflosse schlagen.

Der Tag rollt sich zusammen, windet sich in dem Versuch, sich in den Schwanz zu beißen. Gesegneter Tag des Kreises!

Plötzlich jedoch, noch während ich mich dir nähere, wird dein Blick pathetisch dumpf, dumpf wie der einer betrügerischen Schlampe; und es ist diese Dumpfheit, die dich zur Täuschung treibt, du durchschaubares Flittchen. Ich weiß alles. Ich kenne exakt die Summe deines Verrats, du tumbes Nuttchen. Und jetzt sehe ich dich, den Kreis mit deiner Zunge liebkosen, deiner schweinischen Zunge anderer Kreise, deiner Zunge, die die Kreiseichel verschließende Vorhautbrosche leckt.

Lecke sie und verrecke.

Heute hat das Telefon den ganzen Tag über geklingelt, und ich habe mit unsäglichem Genuß der Versuchung widerstanden, den Hörer abzunehmen. Seine schrille, aufdringliche Stimme war die Klangfarbe meines Lebens, hat die Zeit zerhackt mit ihrem Geheul. Es war ein wunderbar musikalischer Tag. Keuche, Geliebte, keuche deine Sehnsucht nach mir durchs Telefon. Ich kann mir deine Begierde gut vorstellen, deine Gier nach Küssen, deine defizitäre Enthaltsamkeit, dein Erschaudern, deine Beine, die sich öffnen und deine Muschel, die ihre Kostbarkeiten herzeigt, meine kleine Prinzessin. Aber heute bleibe ich außen vor. Ich falle auf deine List nicht herein; ich weiß, daß du mich hintergehst, ich lese es in deinem bebenden Blick, mit dem du arrogant mich anschaust. Ich weiß, was du willst. Ich weiß, was du suchst. Ich würde deine Muschel verschließen und einen Kuß auf das Schloß hauchen, mehr nicht. Von der Außenwelt und ihren Wonnen abgeschlossen, isoliert und eingemauert, wird deine Muschel eine tote Muschel sein, mein Prinzeßchen. Wen könntest du dann noch hintergehen?

Urplötzlich und ohne mich um Erlaubnis gebeten zu haben, schrillt die Türklingel durchs Haus. Ich bin unendlich froh. Ich rücke die Möbel aus dem Zimmer, in dem ich mich gerade befinde, damit der Lärm von den Wänden des leeren Raums widerhallt.

Der Lärm verdoppelt sich. Ich besitze die lauteste Klingel, die auf dem internationalen Markt für Klingeln und Alarmglocken zu haben ist. Der Kern kollektiver Hysterie, Heulen, Horror, Bombenhagel und akustische Verstümmelung. Hingestreckt am Boden, genieße ich mit aufgestellten, lustgeblähten Ohren die himmlischen Klänge, die deine Ungeduld hervorbringt, deine erwartungsvoll bebenden Finger, dein lüsternes Fötzchen, das ich heute nicht besuchen werde. Warte noch, Prinzeßchen, ein bißchen länger. Sei ein liebes Kind und harre aus, mein symphonisches kleines Luder. Dein Konzert ist unwiderstehlich.

Als der Lärm verstummt, stürze ich zu meinem Kalender, zeichne ein neues Kreuz und fühle mich wie ein Held. Zur Hölle mit den Kreisen; ab heute wird das Leben ein einziger Kreuzweg sein. Ich habe dich nicht gesehen. Ich habe die Wonnen deiner Rundungen verschmäht. Ich habe es gekonnt, ich habe es getan. Endlich, meine kleine Prinzessin. Jetzt werde ich wieder ruhig schlafen können, und morgen ist ein anderer Tag. Morgen öffne ich dir, mein Schatz, ich verspreche es. Sobald du klingelst, sause ich wie ein Pfeil zur Tür. Ich glaube, ich hätte jetzt schon langsam Lust, dich zu sehen.

Dich im Kreis zu sehen. Dein deformiertes Gesicht durch das Guckloch zu sehen. Ich mag die Tür jetzt noch nicht öffnen und vielleicht auch später nicht. Ich könnte ein weiteres Kreuz in meinen Kalender malen und mich wie ein Totengräber fühlen. Schließlich wäre ich dann Staatsdiener, Friedhofbediensteter, es gibt Schlimmeres.

Aber du hörst nicht auf zu klingeln, verdammte Hure, klingle, solange du willst, hinterhältiges Luder, klingle dir die Finger wund, verzehre dich ganz im Wundbrand deiner Ungeduld nach mir. Prügele die Tür mit deinen Handknöcheln, trete sie ein, wirf dich gegen sie, bis sie dem Druck deines Körpers nachgibt, geliebte Hure, bewahre dir deinen verlogenen Wahnsinn, du Drecksstück, belüge mich nur weiter. Ich würde dich immer noch lieben, dir bewundernd zu Füßen liegen, wenn du mir nicht Lüge auf Lüge ins Gesicht gespien hättest. Zu offenkundig, meine Liebe. Obwohl ich dich vielleicht noch soviel lieben kann, um dir die Tür zu öffnen und dir zu erlauben, das Spiel noch ein Weilchen weiter zu treiben. Aber nur ein Weilchen. Gestern versprach ich, dir heute zu öffnen, meine heuchlerische Göttin, versprach, dir zu öffnen, um deine herrlich dunklen Ränder unter den Augen zu sehen, um deine geschwollenen Lider zu küssen, deine tränenglitzernden Augen, dein verhärmtes Gesicht und deinen verfallenen Leib.

Die Vorstellung war vollkommen. Ein Zirkus in einem Zirkelkreis. Und wenn ich hundert Jahre lebte, käme ich nicht mehr in den unaussprechlichen Genuß, solche aufgeschwemmten, violett angelaufenen Augenlider zu sehen wie die ihren. Sie bewegte sich betont langsam, gab sich übertrieben erschöpft, als sei ihr ganzer Körper von Gliederreißen befallen. Dann warf sie sich theatralisch auf einen Diwan; die Übersetzung ihres Blickes in eine verbale Aussage würde ungefähr lauten:

Versuch bloß nicht mich zu ficken mir stehts bis hier dich brauch ich schon gar nicht die Woche war anstrengend genug das mußt du verstehen laß bitte die Finger von mir du würdest nichts erreichen ich könnte nicht die geringste Lust empfinden.

Sie trug dick auf, die alte Schlampe.

Zirkus im Zirkelkreis.

Mikroskopischer Kackhaufen, Mäusepisse, Fliegenschiß.

Eine prächtige Erektion veränderte Umfang, Länge und Beschaffenheit meines Schwanzes. Schwanzüglich. Wenige schnelle Bewegungen genügten, um ihn aus seinem Gefängnis zu befreien und mich jeglicher Kleidung zu entledigen.

Sie spickte ihre Abwehr mit viel Ohnmachtsgetue und startete eine verbale Gegenoffensive, der ich keine Beachtung schenkte. Ich ließ mich lieber ganz in die himmlische Musik ihrer vorzüglich von allen Punkten und Kommas gereinigten Rede sinken. Das Resultat war kurzatmig und keuchend, sehr im Einklang mit ihrer Rolle als von meiner erotischen Zudringlichkeit gepeinigten Frau.

Sie spielte exzessiv die Leidende, als ich ihr mit einem Handgriff die Bluse vom Leib riß und zwei Brüste bloßlegte, die in der Hügellandschaft von Quetschmalen und Prellungen, in die ihre Einbildungskraft sich wieder einmal hineinsteigerte, kaum zu erkennen waren. Siebenhundert Narben auf einem Quadratzentimeter Haut.

Mein Schwanz näherte sich ihnen und begann, sich lustvoll an diesem Wunderwerk von body art zu reiben. Siebenhundert Narben, die meinen Schwanz geißeln, Ströme getrockneten Blutes, die ich einen nach dem andern unter ihrem triumphierenden Blick entlangfuhr, echte Narben, gegraben mit den Hacken ihrer eigenen Finger. Die Fälschung stand in ihren Augen, lag in ihren Gesten, drang mit glückseligem Kribbeln in ihr Gehirn und lockte mich in die Falle eines Kreises.

Ich markierte Kreuze, sie schmückte sich mit *Täuschung.*

Ihr ganzer Körper war *Täuschung.*

Weiterhin leckte ich blutunterlaufene Haut mit meinem Schwanz, kauerte mich hinein, in ihre Vortäuschungen von Leidenschaft, von kleinen Bissen, von anderen Betten und anderen Geliebten. Ihre Prellungen schrien *Du bist nicht der einzige da sind noch andere die ihre Hände in mein Fleisch graben die mich beißen die meinen Körper zeichnen mit dem Feuer ihrer Lippen ihrer Finger ihrer Schwänze:*

Du bist nicht der einzige.

Meine Erregung zog eine Spur über ihre Brüste und zuckte zusammen, als sie bemerkte, daß ihr eine Brustwarze fehlte. »Lucas hat mich da gebissen, ein sehr feuriger Junge, ein richtiger Warzenabbeißer, sage ich dir«, schnurrte sie sichtlich stolz.

Ihre neue Täuschung beeindruckte mich nicht. Mit größter Gelassenheit nannte ich ihr den Namen und sämtliche Vornamen des Chirurgen, der ihr das Fleischtüpfelchen wegoperiert hatte; ich kannte sogar die genaue Höhe seiner Honorare.

Sie schien jedoch keineswegs verunsichert; sie gab nur ihre falsche Schwäche auf und schlüpfte in die professionelle Verführerin-Rolle, damit ich ihr den üblen Streich verzeihen möge.

»Komm«, flüsterte sie lockend; »komm«, forderte sie, und ihr Leib wand sich um meinen, leckte meine Haut mit seiner Haut, beschrieb mit seinem Geschlecht kreisförmige Bewegungen um meinen aufgerichteten Pfahl.

Scheißspiel. Gift und Galle stiegen mir in die Kehle, zerrten an meinen Nerven, trieben mich in den Wahnsinn. Ich mußte der Versuchung widerstehen, meinen Pfahl in ihre Vulva zu stoßen; ich wollte sie öde und unbefriedigt lassen, doch mein Begehren verbündete sich mit ihrem, und mein Glied heulte auf und zuckte ihrer feurigen Mitte entgegen, spielte mit ihren feuchten, lächelnden Lippen, verhedderte sich im Dikkicht ihrer Venuslocken.

Es gelang mir, mein Glied nur wenige Millimeter vor dem Unwiderruflichen zurückzuhalten, doch dann durchflutete der

Schmerz meinen Körper; ich riß den Mund auf und flehte stumm, mit geschlossenen Augen, keuchend und mit zusammengepreßten Fäusten nach Luft.

Schwanzügliche Brigantine, mein vergifteter Hafen, meine Untiefe. Einsperren in einem Kreis werde ich dich, du hinterhältige Hure.

Als ich ihr wieder ins Gesicht starrte, sah ich, wie SIE sich an meinem Schmerz berauschte; sie fühlte sich überlegen, sah mich als ihren Besitz. Ich erbrach und wußte, daß ich nie wieder in diesen Hafen einlaufen würde. Kloakenwasser, Drecksfotze, mein anhängliches Mädchen, auf durchtriebene Dirne geschminkt, von Margaret Astor geprellt und mit großgeränderten Augen von den alltäglichen Injektionen der Liebe.

Ich griff in ihr Haar, riß und zerrte daran, und als sie sich nicht mehr bewegte, drückte ich meinen Pfahl in einen ihrer Augenringe. Mein Schmerz war unbedeutend, verglichen mit dem, den sie empfinden mußte, als ihr Lid unter dem Ansturm meines Glieds riß. Ihr Mund brachte jedoch keinen Klagelaut hervor. Wütend attackierte ich den Augenring, aus dem es mich noch immer herausfordernd anblitzte, doch dann wurde mein Körper von einem wilden Orgasmus geschüttelt, noch bevor ich meine Aufgabe zu Ende bringen konnte: Ich ejakulierte in ihr Auge, auf ihr geplatztes Augenlid, blendete sie mit meinem Sperma, um nicht ihren arroganten, zufriedenen Blick sehen zu müssen. Ich war der Gefangene dieser Kosmetikdilletantin, die sich aufs Schminken als leidend Hinfällige spezialisiert hatte. Sie hielt mich mit ihrer Fotze in Schach, die sich in der immer dünner werdenden Luft meines Zimmers in die Höhe reckte. Mein Leben war von dem schweren Moschusgeruch ihrer Sekrete durchtränkt. Ich hielt meine Lippen unter ihre Vulva und wurde von hängenden Fäden betropft, die ich einen nach dem anderen voll Wonne schlürfte; ich rieb mein Gesicht in ihrem Geschlecht, um es ganz darin zu ertränken. Mein feuchtes Nuttchen zog Kreise über mein Gesicht, während mein Ast wieder erstarkte und freudig heranwuchs. Ich war jetzt ebenso feucht wie sie, und meine Zunge beschrieb Kreise in ihrer Kreise ziehenden Fotze. Kreuz Kreis. Ich werde dich in einen Kreis sperren, hinterhältiges Drecksstück, wandelnde Lüge.

Ich warf sie zu Boden und hockte mich auf sie. Das Versprechen, das in dieser Bewegung lag, ließ ihren Körper erschlaffen.

Ich konnte fühlen, wie ihre Muskeln sich entspannt hatten, als ich mich niederbeugte und ihren Hals küßte. Es war ein glatter, weicher Hals von zarter Rundung; ihre gefälschten Blutergüsse zogen an meinen Augen vorüber wie eine düstere und zugleich wunderschöne Landschaft, die meine Hände Millimeter für Millimeter betasteten.

Meine Gier nach ihr war ein Stachelstich, der meinen Körper mit der Unbarmherzigkeit eines epileptischen Anfalls schüttelte. Mein Glied und mein Gehirn glühten: ein schöner Scheiterhaufen zu Ehren der *Täuschung.* Der Augenblick war gekommen. Der Kreis zog sich zusammen. Sie schaute mich erwartungsvoll an, ich legte meine Hände um ihren Hals. Nach und nach merkte sie, wie sich der Kreis um sie schloß: er fing sie ein, beleckte sie, fraß sie. Der Druck meiner Hände auf ihren wunderbaren Hals nahm langsam zu, sanft, ohne Gewalt. Ich werde dich in einem Kreis einsperren, verlogenes Flittchen. Sie lächelte zufrieden bis zum Schluß. Als ich meine Hände von ihrem schlaffen Hals nahm, griff ich als erstes zu meinem Kalender und malte den erforderlichen Kreis. Den Rest des Tages verbrachte ich damit, für die nächsten zehn Jahre meines Lebens Kreuze einzutragen:

Dreitausendsechshundertzweiundfünfzig Kreuze
nach dem Kreis. Eine interessante Kombination.

SCHLECHTE ZEITEN FÜR ABSURDES oder DIE WONNEN DES ONAN

Alle erinnerten sich noch lange an die Erschütterung, die jenes Ereignis hervorgerufen hatte, das in der Regenbogenpresse bis zum Erbrechen ausgewalzt worden war. Die Meinungen hatten sich damals rasch gespalten. Für die einen war Bernabé Lahiguera schuldig, während die anderen die absurden Umstände berücksichtigt wissen wollten, unter denen Dolores de la Borbolla zu Tode gekommen war.

Von denen, die behaupten, eine ausreichende Portion gesunden Menschenverstand zu besitzen – den so überaus wichtigen Sinn für Humor lassen sie in der Regel unerwähnt –, fragte sich niemand, wie wohl ein Sektkorken in einer Vagina zu erklären war. Man war davon überzeugt, daß es sich um Mord handelte. Mit vorheriger Vergewaltigung natürlich. Und alles innerhalb der unvorhersehbaren Grenzen der Logik. Die Wirklichkeit war allerdings nicht so geschmackvoll, vor einer solchen Hypertrophie logischer Erwägungen Halt zu machen.

Ebensowenig konnte man erwarten, daß das Gericht sich ob der unüblichen Methode des mutmaßlichen Mörders zumindest gewundert hätte. Oder ist es ganz alltäglich, daß Mörder mit solch französischem Raffinement vorgehen? Jedenfalls führte die Originalität seines Handelns zu keinerlei mildernden Umständen für Bernabé Lahiguera. Sein Familienname und der schicksalhafte Determinismus, der in ihm anklingt, konnten einen offenkundig subjektiven Schuldspruch nicht verhindern. Seine armselige Einbildungskraft beweisend, erklärte der Richter Bernabé Lahiguera der Vergewaltigung und des Mordes an Dolores de la Borbolla für schuldig.

Und das Absurde muß sich vollends mit Füßen getreten gefühlt haben, als es erfuhr oder zu hören bekam – ich neige eher zu ersterem, da ich mir stets vorgestellt habe, das Absurde besitze die Gabe der Allgegenwart –, der Schuldspruch habe *Vergewaltigung und Mord* gelautet: Eros und Thanatos, zwei verwandte Seelen.

Erlauben Sie mir jedoch eine etwas indiskrete Frage: Angenommen, Sie wüßten, daß Sie irgendwann, irgendwo und aus irgendeinem Beweggrund, sei er niedrig oder nicht, ermordet würden, zögen Sie es dann nicht vor, mit Champagner zu sterben?

Ob nun der Champagner zum Instrument einer tödlichen Absicht wurde oder nicht, wir können jedenfalls vermuten, daß Dolores keinen traurigen Tropfen dieses schäumenden Getränks gekostet hat, das ihr den Gnadenstoß gab und eine Gratisfahrkarte zu einem Ort verschaffte, wo sie – ohne die Unzulänglichkeiten, denen wir hier auf Erden ausgesetzt sind – wohl bereits ihren neuen Bekanntschaften von den ungewöhnlichen Umständen ihres Todes berichtet.

Als wiß- und wahrheitsbegierige Journalistin heftete ich mich an die Fersen des einzigen Zeugen und mutmaßlichen Verursachers jener tragischen Entkorkung. Nachfolgend nun Bernabés Bericht für alle, die sich nicht scheuen, den verschlungenen Pfaden eines für einige eher schlüpfrigen und für andere – zu denen zu zählen ich die Ehre habe – nur tragikomischen und absurden Falles zu folgen. Das Wort hat Bernabé: »Sahne?«

»Ja, bitte, mit größtem Vergnügen.«

(Alles sehr britisch bis zu diesem Augenblick, ganz auf *»Oh, darling, would you like a cup of tea?« »Yes, please.«* Nicht die Spur ei ner mörderischen Absicht scheint das Fest zu trüben. Im Vordergrund sehen wir zwei Objekte, die sich ohne jede Schwierigkeit identifizieren lassen: Es handelt sich um ein jeglicher verhüllender Zutat bares weibliches Geschlecht, und um einen Phallus in offensichtlichem Erregungszustand. Die beiden sind allein, in friedlicher Konversation begriffen und scheinen sich bisher bestens zu verstehen. Von Gewalt weit und breit keine Spur.)

Nachdem Dolores, die ich im stillen Lola nannte, ihre Zustimmung signalisiert hatte, schob ich mich langsam in den runden Kuchen und bewegte mich anfangs sehr zurückhaltend, eher abwartend; dieses Gefühl war vollkommen neu für mich. Dann drang ich weiter ein, bis mich der Biskuit ganz und gar umschloß. Ein guter Ort, um sich darin einzunisten. Mein Glied wurde ganz steif. Auch Lola war erregt; ich sah die einladenden Bewegungen ihres Geschlechts, dessen schwellende Polster bereits die Gier erkennen ließen, doch ich zog es vor, mich in jenes angenehm schwammige Gefühl zu vertiefen, mich hindurchzuschieben, bis meine Eichel am anderen Ende des Kuchens zum Vorschein kam, begleitet von einigen Sahnetropfen. Eine Schneelawine ging zu Boden und landete genau neben der Champagnerflasche, die zu der Zeit noch darauf wartete, zur Feier des Jahreswechsels von uns geleert zu werden. Ich fuhr fort, mich rhythmisch in dem runden Törtchen zu bewegen und, immer schneller werdend, Lolas Geschlecht zu hypnotisieren. Sie näherte sich mir spielerisch, sanft und voller Sehnsucht, zügelte die Gier ihrer Vulva. Sie zog sie zusammen, dehnte sie wieder und wich dann, wie in diesen Spielen mit absehbarem Ende, geschmeidig zurück. Ich nahm die Herausforderung an, obwohl mich die Durchdringung des Törtchens so in Anspruch nahm, daß ich Dolores darüber vergaß.

Es war eine gelbe Nacht, voll heimlicher Sirenen, voll immer neuen Drängens, das sich unvermittelt in einen dreifachen salto mortale mit unabsehbaren Folgen stürzte. Wieder versenkte ich meine Eichel in den Biskuit, um sie Lolas begehrlichen Blicken zu entziehen. Ich weiß nicht, warum ich dieses Spiel begann, das mich jetzt unweigerlich mit Schuld beläd. Vielleicht, um Lola zu entfesselter, unerträglicher Lust auf mein Glied anzustacheln, oder auch, um diese herrliche vulgäre Lust an der Kopulation zu verlängern.

Ich erinnere mich, daß ich mich mit geschlossenen Augen ganz der Köstlichkeit des Biskuits hingab. Ich fühlte, wie die Sahne herausquoll und über meine Hoden leckte, an meinen Schenkeln herabrann und mir auf die Füße troff. Ich nahm von der Sahne und rieb meinen Körper damit ein. Dolores ahnte wohl, daß ich mich am Rande der Eruption bewegte, denn ihre Hände suchten mich zu greifen, ich weiß nicht mehr genau wo. Vielleicht versuchte sie, meinen Phallus in Besitz zu nehmen, doch der weigerte sich, die Höhlung zu verlassen, die ihn umschmiegte und die ihm solche Lust bereitete. Ich weiß noch, daß ich Lola brutal zur Seite stieß und daß sie es trotzdem wieder mit Zärtlichkeit versuchte; diesmal wehrte ich sie noch gewalttätiger ab. Lola bespuckte und verfluchte mich. Ich öffnete die Augen und sah vor mir ein verzerrtes Gesicht mit fiebernden Wangen und vor Begierde gelbglitzernden Augen. Es war eine gläserne, rauhe Begierde, die mein Blut noch mehr erhitzte. Mein Phallus war jetzt gänzlich von Sinnen, und ich schrie Lola an, der Biskuit sei besser als alles, ich würde sie nie mehr ficken, ich hätte genug von ihr und empfände nur noch Ekel vor ihrer weit aufgesperrten, sabbernden Fotze ohne jedes Geheimnis. Vor Wut heulend und fluchend, versetzte Lola mir einen Stoß, daß ich zu Boden fiel. Der Biskuit und ich verkrafteten die Landung jedoch, und setzten unser Spiel fort, ohne uns um Lola zu kümmern, die nach Luft rang und mir Beschimpfungen an den Kopf warf. Ich ließ meinen Hintern und meine Hüften schwingen und stieß meine Rute in das magische Rund des Kuchens, bis mein Körper vor Wonne erbebte und ich in einer überschäumenden Entladung nichts mehr wahrnahm.

Als ich die Augen wieder öffnete, lag der Biskuit am Boden. Meine Rute hatte ihn in ihrem frenetischen Auf und Ab auseinandergerissen, und jetzt war er nur noch eine unförmige Masse aus Kuchenkrümeln, Sahne und Sperma. Ich beugte mich nieder, versenkte meine Zunge in den Brei, saugte ihn auf und schlang ihn hinunter, bis keine Spur von dem saftigen Mahl mehr zu sehen war. Danach fühlte ich mich wie die Gottesanbeterin, die nach dem Koitus den Geliebten verspeist. Ich hatte jedoch keinerlei Schuldgefühle und wußte: Das war eine ganz außerordentliche und denkwürdige Nummer, die einen Platz im Museum verdient hätte. Völlig erschöpft blieb ich liegen, das Gesicht auf der Erde, und entschlummerte für eine Weile.

Dolores, Lola für Bernabé und Lola für ihre Freunde, war weit davon entfernt, die Meinung ihres Geliebten zu teilen. Ihr Gesicht hatte sich zu einer schmerzlichen Grimasse verzerrt. (Erlauben Sie mir, die kleine Unterbrechung zu nutzen, die durch Bernabés momentanen Schlaf, das Ausruhen des Kriegers, entstanden ist, um von den nicht minder heftigen Reaktionen der anderen Hauptperson dieses Fests zu berichten.)

Lola schaute auf die Uhr: Mitternacht war bereits vorbei. Das neue Jahr hatte schlecht begonnen. Ohne Ficken, ohne Lachen, ohne Champagner. Ohne Champagner? Warum ohne Champagner? Wer hinderte sie, den Champagner zu trinken? Bernabé schlief, und die Flasche wartete darauf, ihren Inhalt einem möglichen Genießer zu schenken. Lola holte ein Glas und begann, immer noch nackt, immer noch lüstern, die Flasche zu entkorken. Kaum hatte sie jedoch das Stanniolpapier und den Draht entfernt, der den Korken festhielt, da kam Dolores, Lola für ihre Freunde, auf den Gedanken, daß eine Champagnerflache von weitaus anregenderem Nutzen sein könnte. Sie hatte von Leuten gelesen, die mit Flaschen masturbierten und kannte Geschichten von in Geschlechtsorganen festsitzenden Flaschenhälsen, doch das schreckte sie nicht ab. Sie nahm die Flasche und führte sie mit dem Naturkorken voran in ihre immer noch feuchte und erhitzte Vulva, die den Besuch gleich dankbar empfing. Ohne Scheu umschloß sie den Flaschenhals, sog ihn ein und stieß ihn wieder ein Stück hinaus, dann war der Schmerz überwunden. Der Ersatz für die Rute des Verräters Bernabé funktionierte phantastisch und besaß zudem noch den imaginativen Reiz des Neuen. Onan dürfte sehr zufrieden sein. Die Schar seiner Gefolgsleute wächst.

An dieser Stelle nimmt unser glücklicher Schläfer wieder die Zügel der durch den Schlaf unterbrochenen Erzählung in die Hand.

Langsam nahmen meine Augen wieder die äußere Wirklichkeit wahr: heißes Geschlecht, Flaschenhals verzehrendes Geschlecht, tanzender Bauch. Lola vor Wonne erschauernd, Lola mit geschlossenen Augen, die Lippen sinnlich geöffnet, den herrlichen schlanken Hals. Ich erregte mich wieder. Lolas langes, seidiges Haar fiel ihr über die Schultern, bedeckte ihren Rücken und eine ihrer Brüste. Ich wollte sie von oben bis unten lecken, sie besitzen, sie in meinen Armen röcheln hören. Ich stand auf und versuchte, ihr die Flasche zu entwinden, die ihre Beine fest umschlossen. Doch mein Einbruch in ihre Wonnen war nicht gut gelitten. Blind und fiebernd vor Lust setzte Lola das Spiel mit der Flasche fort, sog sie ein und spie sie mit pumpender Fotze wieder aus, bewegte Hintern, Hüften, Bauch und Brüste in immer wahnsinnigerem Rhythmus. Sie hatte sich zu rächen und auf mich zu verzichten gewußt. Der Orgasmus mußte jeden Augenblick kommen. Ich wußte, daß sie jede helfende Geste von mir ablehnen würde, und so beschränkte ich mich auf die Lust des Zuschauens. Es kam der Moment, da bäumte sich ihr Leib zitternd auf, pumpend wie ein Blasebalg, dem Seufzer der Lust entweichen. Noch hatte sie den Höhepunkt nicht erreicht, da geschah etwas sehr Merkwürdiges in Lolas Innern. Man hörte das dumpfe Geräusch einer unterdrückten Explosion. Lola riß die Augen auf. Ein Schrei kam über ihre immer noch halbgeöffneten, sinnlich verführerischen Lippen. Mein Blick wanderte von ihrem Gesicht zu ihrem Geschlecht, dem eine perlende Flüssigkeit entströmte, die jedoch nicht die Farbe von Champagner hatte. Eine rote Pfütze bildete sich auf dem Boden; eine Pfütze, die immer größer wurde, bis Lola zusammensank und die Flasche zu Boden fiel. Voller Schrecken sah ich, daß der Korken fehlte, bemerkte voller Angst, daß die Flasche leer war und stellte entsetzt fest, daß Lola tot war; tot in einer stinkenden Pfütze von Blut und Champagner. Der Korken der Flasche war nirgends zu finden. Der Gerichtsarzt fand ihn später in der völlig zerfetzten Vulva.«

Kaum zu glauben, daß den Bericht von Bernabé Lahiguera niemand ernst genommen hat; und doch war es so. Vielleicht, weil es unpopulär gewesen wäre, den Champagner des Mordes anzuklagen; oder weil das Oberste Gericht eine Menge Überstunden hätte machen müssen. Jedenfalls darf ich Ihnen versichern, daß ich, obwohl ich überzeugt bin, daß Bernabé die Wahrheit sagt, auf keinen Fall möchte, daß Champagner oder Onan auch nur einen ihrer Getreuen verlieren.

PASCUALINO IN DEN BALLONS

Dies ist weder der Ort noch die Zeit, um meine Sünden zu bereuen. Ich habe im Augenblick guten Grund, mich zu beeilen und nicht in meine übliche Tendenz der langatmig ausschweifenden Rede zu verfallen. An diesem entscheidenden Punkt, an dem eine ganze Existenz ihren endgültigen und unwiderruflichen Sinn erhält, bin ich meinem Schicksal fast dankbar, daß es den glücklichen Einfall gehabt hat, mir ein triviales und eintöniges Leben zu bescheren. Wäre mein Leben nämlich nicht alltäglich und gewöhnlich gewesen, sähe ich mich jetzt gezwungen, tausend Verästelungen zu folgen, um es zu erzählen, und ich darf Ihnen versichern, daß ich nicht die Zeit habe, mich mit Einzelheiten und literarisierenden Kinkerlitzchen aufzuhalten. Ich werde mich auf einen grammatikalisch korrekten Satzbau beschränken und auf meine stets hinausgeschobenen literarischen Gelüste auch diesmal verzichten, da äußerst widrige Umstände mich nicht nur in seelische, sondern – was noch schlimmer ist – auch in körperliche Not gebracht haben.

Jawohl, und daher bitte ich um Ihre Aufmerksamkeit, denn meine Lage ist offengestanden verzweifelt, obwohl ich nachdrücklichst betonen möchte, daß ich keinerlei Hilfe erbitte, nur ein bißchen Aufmerksamkeit. Ich werde mich, wie ich, glaube ich, schon gesagt habe, auf jeden Fall kurz fassen.

Ich bin siebenundfünfzig Jahre alt, und die Vorstellung, mein Leben aufarbeiten zu müssen, nachdem ich an diesem elenden Punkt angelangt bin, erscheint mir allzu kompliziert. Außerdem bin ich dazu, ob es Ihnen gefällt oder nicht, schlichtweg zu träge. Das würde, bei aller Anstrengung, unweigerlich in einem grandiosen Fiasko enden. Mein Pessimismus gründet sich auf die absolute Gewißheit, daß ich schon sehr bald und ohne weiteren Aufschub sterben werde. Ja, ich fürchte, es hat sogar schon begonnen. Ich schwöre, daß ich keine Komödie aufführe, um Aufmerksamkeit zu erwecken; ich schwöre, daß meine Lage ernst ist und mir nur noch wenig Zeit bleibt in diesem Tal der Tränen. Soll ich Ihnen klar und deutlich sagen, was meinen baldigen Tod verursachen wird? Nun denn, Sie sollen es ohne weitere Vorreden erfahren.

Wahrscheinlich hat sich noch kein Mensch je zuvor in einer solch grotesken Situation befunden, wie ich sie jetzt nur noch mit Mühe aushalte. Ich liege mit dem Rücken auf einem fremden Bett. Das wäre natürlich nichts Außergewöhnliches, gehörte dieses Bett nicht einer Frau von unvorstellbarer, sich über mir ergießender Körperfülle, deren Geschlecht ich gerade lecke. Damit ich diese delikate Aufgabe bewältigen kann, hat sie sich mit der erstickenden Unermeßlichkeit ihres Hinterns auf mein banges Gesicht gesetzt. Hatte ich von Anfang an befürchtet, in einer solchen Stellung ersticken zu müssen, so ist diese Befürchtung jetzt zur unabänderlichen Gewißheit geworden: ich ersticke. Die Luft reicht mir kaum noch zum Atmen; daher meine Eile. Sie werden vermutlich denken – und das nicht ganz zu unrecht –, mein Problem ließe sich doch einfach dadurch lösen, daß ich riefe: »Hör auf, Daniela! Bitte, ich ersticke!« Aber genau das ist der Punkt: jedesmal wenn ich versuche, den Mund aufzumachen, steigert die Bewegung meiner Lippen, an denen Daniela unablässig ihre Vulva reibt, die Wonnen dieser Frau in einem Maße, daß ihre Bewegungen noch ungeduldiger und meine Luftknappheit noch beängstigender werden. Ich habe mich daher damit abgefunden und versuche, den langsamen, elefantischen Tod zu genießen, den dieses gewaltige Geschlecht mir bringen wird, das mich nach und nach verschlingt. Ich werde wohl ganz und gar darin verschwinden, vielleicht hängen noch die Beine heraus. Ein sehr angenehmes Leichentuch, ganz bestimmt. Und da der Uterus dieser menschlichen Masse, dieses Katarakts saugenden Fleisches wahrscheinlich dehnbar ist und mich vollständig beherbergen kann, ist die Vorstellung gar nicht so abwegig, daß die Ärmste es erst ein paar Tage später merkt. Dann werde ich längst steif und violett sein und aller Säfte beraubt in diesem gigantischen Ballon.

Ich möchte auf keinen Fall, daß der armen Daniela mein Tod angelastet wird; sie ist nur das blinde und willenlose Werkzeug meines Hinscheidens. Möge kein Zorn sie treffen, da ich es war, ja, ich, ein kleiner, schwächlicher Mann, der ihr durch die ganze Stadt hinterhergelaufen ist, bis sie nach anfänglicher Weigerung einwilligte, sich von mir beschlafen zu lassen. Sie sehen also, die Ärmste hat mehr von einer barmherzigen Samariterin als von einer sadistischen

Mörderin. Ich will Ihnen nicht länger die Gründe vorenthalten, die mich in Danielas Arme und Geschlechtswülste trieben, zu diesem überbordenden Leib, dem mit Haltern, Trägern und Miedern nicht beizukommen ist, der solche Teile einfach schluckt, eine köstliche Fleischmasse, in die sich zu versenken gleichbedeutend ist mit Abschiednehmen von der Welt und sterben. Oh, Daniela, du wirst nie erfahren, wie sehr ich dich gesucht und wie ich dich geliebt habe, meine posthume Liebe! Du, mein letztes und vielleicht einziges Glück!

Die Kindheit ist in der Regel der Beginn aller Enttäuschung, die diesen Namen verdienen, und die meinige, das heißt, die von Pascualino Fígaro La Pera, bildet da keine Ausnahme. Ich glaube, ich sagte bereits, daß ich ein absolut triviales Leben geführt habe, und womöglich wäre alles ganz anders gekommen, wenn ich nicht schon von Kindesbeinen an einen beklagenswerten Mangel an Charakter gezeigt hätte. Meine erste große, leidenschaftliche Liebe war die Literatur. In meiner Jugend fühlte ich mich rühmlicherweise zu literarischem Wirken berufen, doch unglücklicherweise waren meine Eltern nicht nur der Meinung, das gedruckte Wort bringe nicht viel ein, sie verhöhnten auch meine Anmaßung aufs grausamste und verweigerten dem ruchlosen Bohèmien, den sie schon in mir sahen, jede finanzielle Unterstützung. Ich hatte nicht die Kraft zu protestieren, mich aufzulehnen und auf meinem Anliegen zu beharren, obwohl meine wundervolle Großmutter mich darin bestärkte. Mit dem Glauben meiner Großmutter an mich war aber weder ein Künstlerleben noch ein Studium zu finanzieren, und deswegen schwor ich allem ab und faßte einen Beruf ins Auge, der die begehrten wirtschaftlichen Erträge kurzfristig zu bringen versprach. Die Bank wählte ich aus Nachlässigkeit, Trägheit und Charakterschwäche, und weil ich mir vorstellte, eine solche Tätigkeit bringe keine übermäßigen Komplikationen mit sich. Ich scheute vor jeder Art von Anstrengung zurück, stand ihr hilflos gegenüber wie eine verschreckte Maus. Die geringste Schwierigkeit, die sich vor mir auftat, stürzte mich in eine wochenlang anhaltende depressive Starre, bis sich jemand fand, der für mich entschied. Nach und nach wurde mir klar, daß das vielleicht mein größtes Talent war, denn tatsächlich gelang es mir immer, mich von anderen protegieren und sie für mich entscheiden zu lassen. Diese Methode entwickelte ich bis zur Perfektion. Danach sah es so aus, als sei ich aller Sorgen ledig, und nicht einmal in meinem tiefsten Innern schien ich mir jenes Talent zu Schwachheit, Feigheit, Unentschlossenheit und Trägheit vorzuwerfen. Meine Apathie war vollkommen. Es kam sogar soweit, daß ich nicht mehr entscheiden mußte, was ich anziehen oder wohin ich in Urlaub fahren sollte. Stets delegierte ich die Verantwortung an andere und fand mich mit allem ab. Das ist einer der Gründe, weshalb ich in dem wohlverdienten Ruf stehe, ein toleranter und umgänglicher Mensch zu sein. Noch nie habe ich gegen eine fremde Meinung aufbegehrt oder andere Menschen mit Ansprüchen überfallen. Ich war die passende Karte für jedes Blatt und kam auf diese Art zu einer Menge schneller, oberflächlicher Freundschaften, die nie zu Verpflichtungen führten. Mein Gehorsam und meine Fügsamkeit gingen sogar soweit, daß meine Eltern nicht die geringste Schwierigkeit hatten, mir die große Liebe meines Lebens auszureden, meine glühende Leidenschaft für die Tänzerin einer *music hall*, die schön war wie eine Skulptur, und an die ich mein Herz und meine Unschuld verlor. Kaum hatten meine Eltern erfahren, daß ich einer überstürzten und unbedachten Heirat zustrebte, wurde der Familienrat einberufen, auf dem man mich wieder zur Vernunft brachte, ohne Rücksicht auf die zornigen Proteste der Großmutter, die meine *amour fou* bedingungslos befürwortete.

Wieder einmal fügte ich mich ohne große Klagen und ließ meine großartige Matilde im Stich. Seit jenem unseligen Tag sprach meine Großmutter – der einzige Mensch in meinem bisherigen Leben, auf den ich mich verlassen konnte – nicht mehr mit mir und grüßte mich nicht mehr. Wenige Sekunden, bevor sie ihren Geist aufgab, warf sie mir noch ein letztes Schimpfwort an den Kopf und verblüffte die Umstehenden mit einem volltönenden: »Dummkopf!« Das war ihr letztes Wort auf Erden. Aber auch das zeigte nicht die geringste Wirkung bei mir, und meine Willenlosigkeit nahm von Tag zu Tag zu, ohne daß irgendwer oder irgendwas die Absicht erkennen ließ, dagegen einzuschreiten oder zumindest hier und da einen Riegel vorzuschieben.

Da es mir trotz dieses fundamentalen Charakterfehlers jedoch nie an Intelligenz gemangelt hat, machte ich in der Bankwelt schnell Karriere. Meine Vorgesetzten fanden grundsätzlich nur lobende Worte für mich und gratulierten mir zu meiner glänzenden und effizienten Arbeit. Ich schwöre, daß ich kein einziges Mal auch nur die geringste Anstrengung unternahm: Ich tat, was man mir sagte, ohne jemals irgendeine Initiative zu ergreifen. Im Bankgeschäft sind Marionetten jedoch sehr nützlich; schweigsame Männer, die nicht den Schatten einer eigenen Idee haben, aber diskret und leistungsbewußt arbeiten. Auf diese Weise wurde ich mit meinen zwanzig und nochwas Jahren Direktor einer angesehenen Bank. Ganz nett, nicht? Jeder weniger Gescheite hätte sich schrecklich geschmeichelt und in seiner Persönlichkeit bestätigt gefühlt, aber für mich war dieser sensationelle Aufstieg in die Spitzenposition eher ein Ärgernis, das nur deshalb nicht als *via crucis* bezeichnet werden konnte, weil ich mit jeder Sprosse, die ich die Karriereleiter hinaufkletterte, weniger wichtige Entscheidungen zu treffen hatte. Ich erreichte, daß meine Untergebenen, deren Zahl stetig zunahm, die Aufgaben, für die Verantwortungsgefühl und Entscheidungskraft gefragt waren, unter sich aufteilten, was zur Folge hatte, daß sie alle mir bedingungslos ergeben waren. Ob Sie es glauben oder nicht, für sie war ich der Inbegriff des demokratischen Chefs, der sich bemühte, alle Mitarbeiter, den Türsteher inbegriffen, an allen Entscheidungen teilhaben zu lassen. Und so stieg ich ohne das geringste Hindernis die Karriereleiter immer weiter hinauf. Ich nehme an, die Hindernisse haben geahnt, daß mit mir kein Krieg zu machen war, daß ich mich stets beugen würde und daß auf diese Art das Spiel ziemlich langweilig sein mußte.

So brütete ich in meiner dumpfen Gleichgültigkeit dahin, bis ich eines Tages eine schicke Französin kennenlernte, die zwar mit unfehlbar gutem Geschmack das Diktat der Pariser *haute couture* befolgte, jedoch vollkommen phantasielos war. Immerhin war sie so taktvoll und – auch hier wieder – geschmackvoll, sich Albertine zu nennen, was ihr eine glänzende Heirat mit dem Direktor einer angesehenen Bank einbrachte, das heißt mit mir, Pascualino Fígaro La Pera. Hier muß ich nun zugeben, daß ich Ihnen eine kleine Erklärung schulde. War der Name Albertine für mich ausschlaggebend, als ich sie bat, meine Frau zu werden, so lag das daran, daß Proust mein Lieblingsschriftsteller ist, und ich, als ich den Namen der Französin hörte, an den Band *Albertine disparue* aus der ›Suche nach der verlorenen Zeit‹ erinnert war. Albertine jedoch entfloh mir nimmermehr. Ich hatte sie gefunden, und bei mir blieb sie, so schwer es mir auch wurde, obwohl mir Daniela jetzt noch schwerer wird, die immer mehr entflammt und ihre Fleischmassen auf mir balanciert, die mir langsam den Atem nimmt, mich mit ihrer Fotze verschlingt, mir den Gnadenstoß gibt und mich brutal meiner Albertine entreißt, meiner Bank, meinen Angestellten und meinen Kindern. Ja, Freunde, ich beging den Fehler zu glauben, eine Heirat mit jemandem, der Albertine hieß, sei zwangsläufig vorübergehender Natur. Literatur und Wirklichkeit wollten in meinem Fall jedoch nicht zusammengehen, und Albertine – bis zu diesem Nachmittag meine Frau – verabschiedete sich nie von mir, obwohl ihr guter französischer Geschmack das nahegelegt hätte: ihr fehlte die Phantasie. Schon um einfach zu verschwinden, braucht man eine gute Portion davon.

Dennoch hatte ich lange Zeit das Gefühl, sie lieben zu können; oder vielleicht sollte ich sagen, daß ich, obwohl ich mich nach wenigen Ehejahren – das heißt, nach einem ereignislosen Eheleben – durch ihre Anwesenheit stark belästigt fühlte, nie die Kraft aufbrachte, eine Trennung ins Auge zu fassen, die mich von dieser schlichtweg dämlichen Person befreit hätte. Über mein Privatleben und meine Arbeit habe ich noch nie offen mit einem anderen Menschen gesprochen, und wenn ich ehrlich sein soll, möchte ich da auch vor mir selbst nicht allzu offen sein. Wäre dieses ungute Gefühl zu einer Manie oder Besessenheit geworden, hätte ich mich in irgendeiner Weise dazu verhalten müssen, und das wäre das Schlimmste gewesen, was mir hätte passieren können. Also beschloß ich, mich den Gegebenheiten, so gut wie es ging, anzupassen. Und genau das tat ich. Meine klaustrophobischen Angstzustände ließen nach einiger Zeit nach, und ich fügte mich nach außen hin in mein Schicksal als erfolgreicher Bankier und stolzer Familienvater. Kurz, ich war das, was man einen vorbildlichen Menschen nennt, dem kein Finanzamt etwas anhaben kann. Einzig meine Großmutter hätte mir Vorwürfe machen können, doch diese Stimme meines Gewissens war bereits vor Jahren erloschen. Mit vierzig und nochwas Jahren konnte ich hochzufrieden auf mein bisheriges Leben zurückblicken, und vor mir lag nichts, was noch besonderer Anstrengung bedurft hätte. Ich glaube, das Schwierigste, was ich in meinem ganzen Leben vollbracht habe, war, dem fetten Weib auf mir, das noch immer alles daransetzt, mir den Sauerstoff zu entziehen, die Fotze zu lecken.

Meine Kinder sind jetzt erwachsen, und ich hatte stets allen Grund, stolz auf sie zu sein. Der Älteste – ein großer Bewunderer seines Vaters – ist in meine Fußstapfen getreten; mit dem kleinen Unterschied allerdings, daß er es sehr bewußt und mit dem erklärten Ziel getan hat, in der Geschäftswelt die oberen Plätze zu stürmen. Der Zweite, ebenso phantsievoll wie sein Bruder – beide hatten die Tugenden ihrer Mutter geerbt –, startete eine glänzende Wirtschaftskarriere. Unserer Jüngsten, die von ebensolch anmutiger Schönheit wie ihre Mutter war, fiel nichts Besseres ein, als sich im zarten Alter von siebzehn Jahren mit einem schmucken Millionär zu verheiraten und ab dem achtzehnten Lebensjahr einen Haufen Kinder zu bekommen.

Das alles nahm ich hin, ohne mit der Wimper zu zucken.

Ich kam nicht einmal auf die Idee, daß plötzlich alles in Überdruß, in einem jähen Aufbrechen von Abscheu gegen alle und alles enden könnte, aber so war es. Es passierte völlig unvermutet.

Es war am Tag meines siebenundfünfzigsten Geburtstags. Ich stand wie üblich früh auf und ging in die Bank. Alles roch nach der gleichen trivialen Normalität wie jeden Tag. Zwanzigtausendachthundertundfünf Tage verblödeter Willenlosigkeit. Mit einem Mal kam mir diese Routine vor wie die komplizierteste aller Mühen, die es gab und die es je geben würde.

Ich vermeide es, die Gesichter zu beschreiben, mit denen man auf meine Kündigung reagierte. Ich gab auch keine großen Erklärungen ab.

An jenem Tag spürte ich zum ersten Mal in meinem Leben, wie die Trägheit des Willens einem glückseligen Kitzel an den Nasenflügeln Platz machte; als hätte sich die chemische Zusammensetzung der Luft, die ich einatmete, verändert.

Zu Haus erwartete mich eine überraschende, von meiner gutmütigen Albertine organisierte Geburtstagsfeier, zu der sie den glorreichen Einfall gehabt hatte, alle unsere Freunde einzuladen. Meine erste Regung war, mich zu verdrücken und sie ohne Geburtstagskind feiern zu lassen, doch die Erinnerung an meine vergangene Willenlosigkeit hielt mich abrupt davon ab. Ich betrat den Salon unter begeisterten Hochrufen und einem Konzert knallender Sektkorken.

Zwar gab ich vor, die Komödie mitzuspielen, doch meine Freude reichte nicht weit. Das hysterische Spektakel machte mich wütend. Gegen Ende der Fiesta gratulierte mir einer meiner besten Freunde zur Geburt meines jüngsten Enkels und dem kometenhaften Aufstieg meines ältesten Sohnes in der Bankwelt.

»Du kannst sehr stolz sein«, sagte er.

»Stolz, sagst du?« entgegnete ich, »stolz auf was? Stolz darauf, mein Leben verplempert zu haben? Stolz darauf, eine strohdumme Frau geheiratet zu haben? Stolz darauf, die drei dämlichsten Kinder gezeugt zu haben, die diese Welt je gesehen hat? Worauf sollte ich deiner Meinung nach stolz sein? Auf das von Dummheit geschlagene Gesicht, das meine Frau aufsetzt, wenn ich mit ihr rede?« – »Du blöde, du saudumme Gans!« schrie ich Albertine an, deren Gesichtszüge für einen Moment entgleisten. »Ich habe meinen Posten in der Bank zur Verfügung gestellt und auf jede Abfindung verzichtet, meine Liebe. Du bist jetzt nicht mehr nur hoffnungslos dämlich, sondern auch arm wie eine Kirchenmaus; wir sind nämlich geschiedene Leute. Na, wie findest du das?«

Wütendes Zähneknirschen, ungläubiges

Gemurmel und zuklappende Mäuler begleiteten mich, als ich hinausging und das zukkersüße Nest für immer verließ. Später wichen diese Laute einer bekannten Stimme, die mir bewundernd zuflüsterte:

»Du hast es getan, Pascualino, du hast es getan! Ich wußte, daß du dich eines Tages aufraffen würdest, ich habe es immer gewußt, gelobt sei Gott!«

»Ja, Großmutter«, antwortete ich, »ich konnte nicht anders. Hast du ihre Gesichter gesehen? Hast du gesehen, wie die dämlichste Frau des Universums mich angestarrt hat? Oh, Großmutter, Albertine ist zwar nicht entflohen, aber dafür Pascualino. Und weißt du, was das Beste daran ist? Es war überhaupt nicht schwer. Die Entscheidung war ein Kinderspiel, ganz einfach, glatt und ohne alle Umstände ...«

Endlich fühlte ich mich frei, konnte tun was ich wollte, konnte meinen mißachteten und mißhandelten Bedürfnissen die Zügel schießen lassen. Wie zum Beispiel jenem, das mich schon seit frühester Jugend begleitete, jenem seltsamen und stets unterdrückten Wunsch, einmal eine ausufernd fette Frau, einen menschlichen Ballon, in meinen Armen zu halten. In letzter Zeit war diese Obsession immer häufiger in meine

Träume eingedrungen. Jetzt war der Augenblick gekommen, die Träume zu verwirklichen und mit einem schwabbeligen Hefeteig zu ficken.

Ich strich durch die Straßen, auf der Suche nach dem ersehnten Objekt meiner Begierde, brauchte jedoch eine ganze Weile, bis ich das richtige fand. Dicke, üppige Frauen gab es zur Genüge; was ich brauchte, war ein Fleischberg monumentalen Ausmaßes, in dem ich versinken und alles vergessen konnte. Ich suchte und suchte, und als ich die Hoffnung schon aufgeben wollte, bog einer dieser wandelnden menschlichen Fesselballons um die Straßenecke. Eine Frau wie ein Faß, und sie bewegte sich so schwerfällig, als verfluche sie bei jedem Schritt ihre Fleischmassen. Erregt und voller Gier, unfähig, meinen Trieb länger zu unterdrücken, stürzte ich mich auf den Ballon. Die Frau stieß einen Schrei aus und versuchte verzweifelt, mir in schwerem Galopp zu entkommen. Eine mächtige Stimme zwang mich, ihr zu folgen: mich erregte der Anblick dieser mahlenden Fleischwalzen, der monumentalen Hinterbacken, die sich reibend übereinanderschoben. Ich streckte die Hand nach den begehrten Bergen aus, und der Koloß von Frau – wahrhaft entsetzt über das, was sie für den Angriff eines Psychopaten halten mußte – rannte in eine Cafetería. Gar nicht faul, folgte ich ihr hinein: Fleisch, Fleisch!

Als die gewaltige Masse saß, setzte ich mich sogleich zu ihr und bestürmte sie. Meine aufgewühlten Sinne verliehen meinen Worten Flügel, beinahe ebenso wie jetzt, nur waren sie damals weit ausreichender mit Sauerstoff versorgt. Ich übergoß sie mit einem Wortschwall, der ihr die Sinne vernebelte. So verblüfft war sie ob meines leidenschaftlichen Geständnisses, daß sie nicht einmal blinzelte, und als der Kellner kam und nach unserer Bestellung fragte, mit staunend geöffnetem Mund kein Wort hervorbrachte. Vermutlich hatte ihr nie zuvor jemand mit solch berauschender Leidenschaft seine Gefühle gestanden. Ich glaube, ich redete drei oder vier Stunden lang auf sie ein, ohne sie auch nur einmal zu Wort kommen zu lassen; sie kam nicht einmal dazu, mir ihren Namen zu sagen.

Später, als wir in ihrer Wohnung waren, erfuhr ich durch Zufall, daß sie Daniela hieß. Meine schmeichelnden Worte hatten sie so betrunken gemacht, daß sie meinem stürmischen Flehen schließlich nachgab. Meine Lust konnte sich entfalten. Kaum sah ich sie nackt, da durchfuhr mich ein Blitz von den Haarwurzeln bis zu den Zehenspitzen, und ich ejakulierte. Ein paar Spermatropfen landeten weich auf ihren Fleischwülsten. Den zweiten Orgasmus bekam ich, als ich jene schlaffe, bebende Masse berührte. Der Hautkontakt mit ihrem weichen, sülzigen Fleisch versetzte mich in eine Trance, aus der ich wohl niemals herausgefunden hätte und auch niemals mehr herausfinden will.

Warum auch? Welches Vergnügen könnte ich daran finden, mein früheres Leben wieder aufzunehmen, da ich die verzehrendste, die intensivste aller Wonnen gekostet habe, da ich jetzt das vollkommene, wahre Glück erlebe? Ich fühle mich unfähig, diese fleischige Gruft zu verlassen. Lieber soll sie mich verschlingen, mich ersticken, soll das Ende mich mit dem Gesicht unter ihrem Hintern, in ihrer Fotze überraschen. Oh, Daniela, mein Würgeengel, mein atemraubender menschlicher Globus!

Obwohl ich langsam aber sicher ersticke und meine Kraft allmählich schwindet, streichle ich immer noch ekstatisch meinen Pudding, meinen erregenden Fettkloß. Geben Sie ihr nicht die Schuld an meinem Tod, geben Sie ihr keine Schuld! Ich wußte genau, was ich tat, ich wollte es so, ich sterbe in Trance, im Zustand der Gnade, genießend, wie ich nie zuvor genoß.

SCHASCHLIK-SPIESS

Es dunkelte bereits, als ich das Schloß von Sir Adolph Vaine-Haze in der Grafschaft York, etwa fünfzig Kilometer vor der englischen Ostküste, erreichte. Das Schloß war im 18. Jahrhundert von John Vanbrugh, einem dem Klassizismus verpflichteten Architekten, gebaut worden und zeigte nichts von dem Luxus, wie er für die Bauweise zur Zeit von König James typisch war, sondern sah aus wie ein einfacher Landsitz.

Zwar fuhr ich mit dem Auftrag dorthin, über den Verkauf des Schlosses an meinen guten Freund Lord Alfred Campbell zu verhandeln, doch mangelte es mir auch nicht an persönlichen Motiven, um London für ein paar Tage den Rücken zu kehren. Meine Langeweile hatte in dieser Stadt beängstigende Ausmaße angenommen, und meine gereizte Phantasie setzte mir mit stetigen, nimmer endenden Vorwürfen zu, denen ich nichts entgegenzuhalten vermochte. Daher dachte ich, eine solche Fahrt mit ungewissem Verlauf sei für meinen Überdruß vielleicht ein wirksames Gegengift. Glücklicherweise konnte ich schon bald feststellen, daß ich mich nicht getäuscht hatte.

In Northallerton, dem Städtchen, in dem meine Bahnreise endete, verführte mich Sir Adolph zum ersten Mal. Er hatte die glückliche Idee gehabt, eine Pferdekutsche zum Bahnhof zu schicken, die mich abholen sollte. Und obwohl die Fahrt in diesem Vehikel unmenschliche Anforderungen an meine, an sanftes Gleiten in modernen Automobilen gewöhnte Anatomie stellte, war ich dankbar für die aufmerksame Geste meines Gastgebers, der in meinem Bekanntenkreis als exzentrisch galt. Da die Fenster der Kutsche hinter schwarzem Samt versteckt waren, konnte ich mich weder an der Landschaft berauschen, noch eine auch nur halbwegs seriöse Vermutung über die Geschwindigkeit anstellen, mit der sich das klapprige Gefährt fortbewegte. Dem kläglichen Zustand meiner Nieren und Wirbelsäule nach mußte sie meteorisch gewesen sein.

Sir Adolph persönlich kam ans Schloßtor, um mich zu begrüßen. Er war über vierzig und von exotischer Schönheit. Er hatte sehr schrägstehende, schwarzglänzende Augen, eine Adlernase und ungewöhnlich breite Wangenknochen. Mehr als seine Schönheit erstaunte mich jedoch die Art, wie er sich kleidete: Er trug eine weiße Tunika und ging barfuß, und sein einziger Schmuck war ein ebenfalls weißer Turban.

Sir Adolph geleitete mich in einen riesigen Salon, der nur mit Diwanen und Ottomanen möbliert war. Körbe mit Früchten verbreiteten ihren erregenden Duft.

Eine unmerkliche Kopfbewegung von Sir Adolph, und sein Diener ließ uns allein. Wir setzten uns, und es entspann sich eine ziemlich banale, jedoch entspannende Unterhaltung, in deren Verlauf ich bemerkte, daß Sir Adolph seltsam aufdringlich meinen Mund betrachtete. Aus seinen Augen schlug eine Sinnlichkeit, die mich nicht unberührt ließ, und ich erschauerte unter diesem Blick, der meine Lippen liebkoste. Als er meine Verwirrung bemerkte, griff Sir Adolph in einen der Körbe, nahm eine große, reife Feige heraus und hielt sie mir hin. Die Feige lag in seiner geöffneten Hand, die er mir einladend entgegenstreckte. Sir Adolph schaute mir tief in die Augen und sprach kein Wort. Dieser Mann faszinierte mich, aber ich zögerte noch.

Als ich meinen Mund schließlich der

Frucht näherte, zog Sir Adolph seine Hand abrupt zurück, schloß sie zur Faust und zerquetschte die Frucht vor meinen noch geöffneten Lippen. Das rote Fleisch der Feige quoll zwischen seinen Fingern hervor. Dann öffnete Sir Adolph die Hand und stieß seinen Mund in den Fruchtmatsch. Wir waren uns so nah, daß mir sein mit dem Geruch der Frucht vermischter Atem entgegenschlug und die Sinne raubte. Er starrte mich an, als könne er in mein Inneres sehen, als sehe er mich nackt, und ich hatte das Gefühl, diesem Mann nie etwas verheimlichen zu können. Obwohl wir uns gerade erst kennengelernt hatten, wußte er bereits mehr über mich als meine Freunde.

»Zögere nie im Angesicht der Lust, denn sie könnte es dir übelnehmen«, murmelte Sir Adolph, immer noch dicht an meinem Gesicht. »Wenn du sie abweist, meine Liebe, kehrt sie vielleicht so schnell nicht zurück. Hier auf dem Land, umgeben nur von Wiesen und Wäldern, sind unsere Vergnügungen von ganz anderer und viel schlichterer Natur als in der Stadt, aber keine Sorge. Die Frucht hat dich in Versuchung geführt, doch du hast dich nicht getraut. Ich weiß, daß du nur einen kurzen Moment gezögert hast, aber als du dann wolltest, hatte die

Lust dir schon den Rücken gekehrt. Denke beim nächsten Mal daran.«

Nach diesen Worten rief Sir Adolph den Diener und befahl ihm, mir meine Zimmer zu zeigen.

In dieser Nacht kehrte mir auch Morpheus den Rücken, und ich wälzte mich im Bett, ohne daß der Flügelschlag des Schlafs mich auch nur streifte. Mein Körper war so angespannt und erregt, daß ich glaubte, platzen zu müssen: Schon der Kontakt mit dem Bettlaken ließ mich erglühen, und die Bilder in meinem Kopf machten mich unerträglich benommen. Bebend und schwitzend erhob ich mich aus meinem Bett, entschlossen, den Verursacher meiner brennenden Sinne aufzusuchen. In meinem Delirium lief ich durch endlose Flure und unendlich viele Zimmer, in denen der schwere Duft reifer Früchte lag. Fast eine Stunde brauchte ich, um das Schloß von oben bis unten zu durchsuchen, fand aber weder Sir Adolph noch seinen Diener. In ihren Zimmern waren sie jedenfalls nicht. Aber wo sonst? Ich sagte mir, es gebe nur noch eine Möglichkeit, und meine Furcht vor Indiskretion überwindend, trat ich in den Garten hinaus. Meine Schritte auf den von Bäumen und Blumenbeeten gesäumten Weg waren das einzige Geräusch, das die Stille dieses Ortes unterbrach. Dunkelheit und Kälte bereiteten meiner Suche ein schnelles Ende, dennoch war ich sicher, daß auch draußen niemand war.

Durchgefroren und mit wunden Nerven ließ ich mich auf eine Steinbank sinken, die vor der Rückfront des Gebäudes stand. Die Fenster blinkten mich höhnisch an, als wüßten sie allein, wo Sir Adolph war. Eine Weile blieb ich in der beständig schwächer werdenden Hoffnung sitzen, die Kälte werde meine glühenden Sinne besänftigen, als einsetzender Regen meine Haare befeuchtete und mein Blick zufällig auf eine kleine Seitentür fiel, die, von dichten Efeuranken halbverdeckt, einen Spaltbreit offenstand.

Mein Herz tat einen Sprung, und mein Atem ging vor Erregung schneller; meine Augen und meine Lippen brannten, und ich konnte das Zittern meines Leibes kaum unterdrücken. Auf der Türschwelle nahm ich ein schwaches Licht am Ende eines langen Korridors wahr und wußte, daß ich mich auf dem richtigen Weg befand. Der Gang führte zu einem großen gewölbten, feuchten Saal, an dessen Ende eine Wendeltreppe nach unten ging. Leise stieg ich in die zunehmende Dunkelheit hinunter, bis ich zu einem Raum kam, der dem vorherigen ähnelte, aber nur von vier Kandelabern erleuchtet wurde. Mein Blick fiel auf eine Tür, durch die Licht schimmerte. Ich spitzte die Ohren und glaubte, leises Geplätscher von Wasser zu hören, das gedämpft und weich bis zu mir drang. Ich näherte mich dieser Tür, und die Wassergeräusche wurden deutlicher; ich lugte vorsichtig hindurch, und was ich sah, übertraf meine kühnsten Phantasien. In der Mitte eines wunderschönen, weitläufigen Raums mit Säulen und Bogengängen, der von mehr als hundert Fackeln erleuchtet wurde und dessen Wände Mosaiken und Gipsreliefs schmückten, war ein großes Schwimmbecken eingelassen, das in blauem Unterwasserlicht erstrahlte. Am Rande des Beckens kniete Sir Adolph, vollständig nackt und mit kahlgeschorenem Schädel, während sein Diener bis zur Hüfte im Wasser stand. Um das Schwimmbecken herum standen zahllose Körbe voll verschiedenster Speisen.

Anfangs war die Haltung der beiden Männer für mich verwirrend; weder berührten sich ihre Körper, noch deutete irgendwas in ihren Bewegungen auf eine mögliche erotische Beziehung hin. Sie hielten ihre Köpfe gesenkt und die Augen geschlossen, und von ihren Lippen kam ein monotones Gemurmel, als sprächen beide ein leises Dankgebet. Ihre Gesichter strahlten die Konzentration von Menschen aus, die sich einem fremdartigen Ritual hingeben. Dann hob Sir Adolph den Kopf, öffnete die Augen, ergriff eine Handvoll von etwas, das wie Hackfleisch aussah, und begann sanft und rhythmisch sein Glied damit einzureiben. Ohne daß er sie lange bitten mußte, richtete seine Rute sich auf, reckte sich höher und höher, bis sie ihren Scheitelpunkt erreichte, an dem Sir Adolph ein paar Feigen nahm und sie eine nach der anderen auf sein aufgerichtetes Glied steckte, bis es völlig unter den Früchten verschwunden war. Staunend sah ich, wie der Diener sich über Sir Adolphs Rute beugte und die Früchte verspeiste, die sein Herr ihm hinhielt. Während der Diener von diesem Baum aß, ließ Sir Adolph seine Hüften kreisen und streichelte seine Hinterbacken und die Innenseiten seiner Schenkel. Das flackernde Licht der Fackeln tanzte in kupferfarbenen Reflexen auf den beiden, dem seltsamen Liebesmahl hingegebenen Gestalten und bedeckte ihre Leiber mit Feuer.

Meine Finger ertasteten eine feuchtheiße Vulva, um von dort aus das Band zu stärken, das Herr und Diener miteinander verband. Ich habe wohl einen lauten Seufzer ausgestoßen, als die Lust mich überschwemmte, denn für einen Augenblick hielt Sir Adolph inne und schien sich umdrehen zu wollen, um den Ursprung des fremden Geräuschs zu erkunden. Ich wollte mich verstecken, doch als ich sah, daß Sir Adolph seine Aufmerksamkeit wieder auf den kostenden Diener richtete, atmete ich erleichtert auf und beobachtete weiter.

Der Diener streifte das Glied seines Herrn nicht einmal mit den Lippen, doch unter der gierigen Zunge, die nach den Feigen leckte und dem hungrigen Mund, der sie verschlang, erbebte die steif aufgerichtete, in rotem Saft gebadete Rute vor Lust, und jede ihrer Zuckungen schlug Wellen in meinem Schoß. Ich hätte dieses herrliche Glied gerne in mir gespürt, hätte meine Vulva darübergestülpt und es aufgesogen, bis es in mir zerflossen wäre.

Aber nicht ich kam in dieser Nacht in den Genuß seines Spermas, denn als Sir Adolph ejakulierte, war da ein von rotem Feigensaft noch überfließender Mund, der die Nachspeise verschlang, ohne einen einzigen Tropfen davon zu verlieren.

Die Vorstellung war beendet. Sir Adolph

erhob sich, legte seine Tunika wieder an und kam auf die Tür zu, hinter der ich mich verborgen hielt. Er ging so nah an mir vorüber, daß ich die Luft anhielt, um nicht gehört zu werden.

Zurück in meinen Zimmern, bemächtigte sich meiner ein wild wogender, von zutiefst beunruhigenden Bildern durchsetzter Schlaf, und als ich nur drei Stunden später wieder aufwachte, sah ich die geträumten Szenen noch lebhaft vor mir: gierige Schlünde auf steil aufgerichteten Masten reitend und sich geifernd um gewaltige Brocken rohen Fleisches streitend, pralle Glieder, um spermagetränkte Speisen tanzend, und zahllose sich windende Leiber in einer sämigen, glucksenden Brühe, die über den Rand des Schwimmbeckens quoll.

Als ich in den Spiegel schaute, stellte ich fest, daß mein Gesicht jämmerlich aussah: abgezehrt, mit dunklen Rändern unter den Augen und dem Blick einer Besessenen. Da faßte ich den unwiderruflichen Entschluß, an diesem Tag mit Sir Adolph zu speisen und alles zu lecken, zu küssen, zu kauen und herunterzuschlucken, was er mir anböte. Fast unverzüglich breitete sich ein angenehmens Hungergefühl in meinem Magen aus.

Ich ging nach unten und traf Sir Adolph

auf einem Diwan in dem Salon, in dem wir uns am Abend zuvor unterhalten hatte. Er begrüßte mich mit einem langen, aufmerksamen Blick und schlug einen Erkundungsgang durch das Schloß und die nähere Umgebung vor; so könnte ich die Eigenarten des Hauses kennenlernen, bevor wir uns in die Einzelheiten des Verkaufs an meinen Freund, Sir Alfred, vertieften. Ich mußte innerlich lächeln bei dem Gedanken, daß ich, ohne daß Sir Adolph es ahnte, den ›interessantesten‹ Aspekt des Lebens im Schloß ja bereits kannte.

Vor lauter Ungeduld, in die unteren Gewölbe geführt zu werden, behielt ich von dem, was ich während unseres Rundgangs durch das Schloß sah oder hörte, nichts in Erinnerung. Die endlosen Erklärungen meines Gastgebers zu tausend architektonischen Besonderheiten waren für mich wie die grausamste aller Foltern. Einen Moment lang hegte ich sogar den Verdacht, Sir Adolph könnte meine heimliche Anwesenheit in der Nacht mitbekommen haben und genieße es nun, meine Nerven zu strapazieren.

Ich war kurz davor, die Beherrschung zu verlieren, als Sir Adolph mir endlich von der Existenz jenes gesegneten Kellergewölbes erzählte und vorschlug, gleich hinabzusteigen, wobei er mich fest anschaute und einen belustigten Ausdruck im Blick hatte, der für mich die reine Durchtriebenheit war.

Während wir, beleuchtet vom Licht einer Fackel, die Sir Adolph trug, langsam die Wendeltreppe hinunterstiegen, salbte mir die Luftfeuchtigkeit sanft die Haut. Als wir unten ankamen, war ich vollkommen durchweicht und benommen; Sir Adolphs Körper erschauerte immer wieder vor unbändiger Sinnlichkeit, und die dumpfe, warme Kellerluft festigte eine bereits existierende Verbundenheit zwischen uns immer mehr.

Sir Adolph führte mich in den Saal, in dessen Mitte sich das Schwimmbecken befand; mich sanft an der Schulter fassend, geleitete er mich zu einer Ecke, in der ein schwarzer, mit Hackfleisch gefüllter Sarg stand, umgeben von Körben mit allen möglichen Früchten. Während ich noch Sir Adolphs Lustinstrumentarium bestaunte, spürte ich seinen Blick über meinen Nacken gleiten, über meinen Hals und meine Schultern …; ich wandte mich ihm zu, um mich von seinen lasziven, feuchtschimmernden Augen verschlingen zu lassen. Sir Adolph entledigte sich sehr langsam seines Turbans und seiner Tunika und zog mir, mich immer noch mit seinem Blick umfassend, das Kleid aus. Dann kniete er vor mir nieder, schob behutsam meine Beine auseinander und zog mir mit Zunge und Zähnen mein Höschen herunter. Sein Mund versenkte sich so unersättlich in mein Geschlecht, daß ich glaubte, er wolle es verschlingen; er fuhr über meinen ganzen Körper, saugte meine Säfte ein und ließ seinen eigenen Speichel auf meiner Haut, um ihn dann wieder abzulecken. Er leckte mich rhythmisch, manchmal sanft, manchmal wild, und drang in die geheimsten Windungen meines Geschlechts. Ich verengte es, um seine Zunge einzufangen und tief in mich einzusaugen, doch er zog sie zurück und erhob sich, da er nicht wollte, daß ich den Gipfel der Lust schon so früh erreichte. Er hob mich hoch und legte mich in den Sarg, nahm eine Handvoll des rohen, gehackten Fleisches, strich damit über meinen ganzen Leib und drückte es in meine Vulva. Das Fleisch war angenehm schwammig und glitschig, und ich versuchte, mich tiefer in den Sarg sinken zu lassen, um die Umarmung in ihrer ganzen Fülle zu fühlen.

Sir Adolph ergriff eine Handvoll Feigen und forderte mich auf, sie auf seine Rute zu stecken. Ich spuckte in meine Hand und masturbierte dieses herrliche, steife und wollüstig glänzende Glied, während ich die Frucht über seine Eichel schob, die im rötlichen Fruchtfleisch erschauerte. Ich versteckte sein Glied unter Feigen, ließ jedoch die Eichel frei, um ihre Berührung auf meiner Haut zu spüren. Dann bedeutete ich ihm, sich auf mich zu setzen; sein Hintern und seine Hoden drückten warm gegen meine Brüste, während ich die herausfordernd auf meinen Mund gerichtete Eichel lutschte und sanft beknabberte.

Als sein Glied schon sichtbar bebte, setzte sich Sir Adolph auf den Sarg, half mir auf und setzte mich vor sich, damit ich zusehen konnte, wie er die Spitze seines Phallus in meine Vulva schob. Langsam drang er in mich ein, stieß seine Rute nur wenige Millimeter vor bei jeder Bewegung. Ich genoß den Anblick des sanften Eindringens der enormen, als Obstbaum verkleideten Rute und bewegte ungeduldig mein Becken, um sie in den geheimsten Tiefen meines Körpers zu spüren.

Bei jedem Stoß, mit dem Sir Adolph tiefer in mich eindrang, wurde Hackfleisch in mir zur Seite gedrückt und liebkoste das Innere meiner Muschel wie eine allgegenwärtige, schleimige Zunge. Die Feigen, die nacheinander in mir zerplatzten, vermischten sich mit der quirlenden Fleischpaste und meinen eigenen Säften und verbanden sich zu einem gärenden Magma, das ein ganzes Konzert neuer Lustgefühle in mir erklingen ließ.

Als Sir Adolphs Bewegungen drängender wurden, nahm die Pampe aus Hackfleisch und Feigen eine cremigere Konsistenz an; sein Glied zermalmte die Speisen beneidenswert wirkungsvoll und stieß bei jedem neuen Angriff heftiger zu. Ohne in seiner Vehemenz spürbar nachzulassen, nahm Sir Adolph mit beiden Händen von der glitschigen Masse, die aus mir herausquoll und an unseren Schenkeln herabrann, und salbte damit meinen Hals, meine Schultern und meine Brüste. Während er mich ableckte, spürte ich meine Lust mit Riesenschritten dem Höhepunkt zueilen und beschleunigte den Rhythmus meiner kreisenden Hüften, um gemeinsam mit Sir Adolph in der letzten Erschütterung zu vergehen. Auch seine Rute steigerte sich in rasendem Galopp.

Und dann riß ein greller Strudel meinen Körper mit sich fort, und meine Vulva hüpfte in wilden Zuckungen einer ungezügelten Lust, die auch über Sir Adolph zusammenschlug und mich mit seiner heißen Milch überschwemmte, daß mein Geschlecht zu zerbersten drohte.

Erschöpft sanken wir einer über den andern, und unsere verschmierten, wie Lianen ineinander verschlungenen Körper verströmten einen durchdringenden Geruch von reifen Früchten.

Jene Begegnung war der Beginn eines viel länger als geplanten – und immer noch nicht beendeten – Aufenthalts in Sir Adolphs Schloß, in dem die Tage fiebernder Lust sich endlos aneinanderreihen.

Ich sah mich sogar gezwungen, meinem über alles geliebten Freund, Lord Alfred Campbell, einen langen, mit den nötigen Schuldgefühlen versehenen Brief zu schreiben und ihm zu sagen, daß er Pech gehabt hatte und sein Schloß vergessen konnte. Ich selbst kaufte es als Hochzeitsgeschenk für Adolph, dessen Finanzen schon seit langer Zeit vom Gift der Schulden zerfressen waren. Wenige Monate später schlossen Adolph und ich den Bund der Ehe, und jetzt, zwei Jahre nach dem Ereignis, trübt nur eine einzige Wolke den Himmel unseres Glücks, und das ist die konstante Gefahr einer Magenverstimmung.

EINE ERSTAUNLICHE FRAU
(gastronomische Erzählung)

Die Liebe kennt viele Launen, und von diesen ist die Notwendigkeit steter Überraschung eine unerschöpfliche Quelle der Verwirrung, aber auch der erotischen Beglückung, falls die Liebenden ihre gegenseitige Lust auf Neues und Erstaunendes zu befriedigen wissen. »Überrasche mich«, flüstern sich die Abgeklärtesten zu, und weder Zärtlichkeit noch falsche Romantik pflegen in solchen Augenblicken eine Rolle zu spielen.

Bedauerlich ist nur, daß die Überraschungskraft kein unerschöpfliches Gut ist, mit dem verschwenderisch umgegangen werden kann, und daß die Innovation in Sachen Liebe meist viel zu schnell endet. Danach kommt tödliche Langeweile auf, die die Liebenden einem merkwürdigen Verlangen unbekannter Herkunft aussetzt, einer Unruhe, die nur durch die Überraschung selbst beschwichtigt werden kann. Die menschliche Fauna ist zwar nicht gerade reich gesegnet mit Subjekten, die über die Gabe der Überraschung verfügen, aber die Ausnahmen, die den Weg der Menschheitsgeschichte säumen, sind dafür äußerst bemerkenswert. Wahrhaft unergründliche Brunnen, in denen das Erstaunen unsere Sinne badet.

Die Herzogin Pámfila de Castis war einer jener seltenen Paradiesvögel; und ganz gewiß wird die Geschichte sie als ausnehmend originell und einzigartig schildern und den erstaunlichen Erfindungsgeist festhalten, den sie der edlen Aufgabe widmete, die Menschen um sich herum zu verblüffen. Obwohl schon jenseits der gefürchteten Grenze der Vierzig, hatte sie von ihrer sprichwörtlichen Schönheit nichts verloren. Sie wußte außerdem – denn ihr Geist war ebenso lebendig wie ihre Sinne und ihre Gestalt –, daß die Schönheit des Körpers allein einen Geliebten nicht zu entzünden und seinen Verstand nicht zu trüben vermag. Aus diesem Grund kultivierte sie ihren Geist und schärfte ihre Erfindungsgabe, die oft wirksamer war als ihre wohlgeformten Brüste. Langjährige Erfahrung verstärkte noch ihr intuitives Wissen um die spielenden Regeln und die Finten der Liebe.

Leichte sittliche Verfehlungen

Seraphin, der Koch der Herzogin und ihr seit langer Zeit treu ergeben, war im Laufe der Jahre und einer mit zahllosen gelungenen Überraschungen gespickten gastronomischen Karriere zu einem unverzichtbaren Bestandteil von Pámfila de Castis' Verführungsstrategien geworden. Die Herzogin legte grenzenlosen Wert auf die Zubereitung der Delikatessen, mit denen sie ihre Liebhaber bewirtete, da sie der festen Überzeugung war, ein exquisites Festmahl, ästhetisch ansprechend und auf subtile Weise aphrodisierend, besitze die magische Kraft, die Falten der Gastgeberin zu verbergen. Hörte Pámfila auf, einen Mann zu lieben oder hatte schlicht genug von ihm, beendete sie das Verhältnis mit einem Akt von schrecklicher Einzigartigkeit: anstatt mit dem Geliebten herrliche Speisen zu kosten, trug sie Seraphin auf, an diesem Tag einen klumpigen Kartoffelbrei und halbgare Grützwurst in Schwartenbrühe zuzubereiten. Da diese Extravaganz bereits Tradition geworden war und sich durch Tratsch und in Ungnade gefallene Liebhaber herumgesprochen hatte, wußte jeder, der sich der gefürchteten Grützwurst gegenübersah, was die Stunde geschlagen hatte. Viele probierten jene fatale Mahlzeit nicht einmal, sondern verließen Pámfila, diese außergewöhnlich originelle Frau, still und mit gesenktem Kopf. Zum Glück jedoch versank auch diese Angewohnheit nicht in triste Routine, denn eines Tages hatte ein so verabschiedeter Liebhaber den glücklichen Einfall, Grützwurst und Püree der Dame Pámfila ins Gesicht zu werfen, woraufhin diese ihn nicht zornentbrannt aus dem Haus warf, sondern, eine solche Verwegenheit zu schätzen wissend, unverzüglich versöhnt war und Seraphin mit der Zubereitung von Krabbencreme *à la parisienne*, Seezunge in Champagner und mit tropischen Früchten gefüllten Hörnchen beauftragte und dazu von ihren besten Weinen und Likören bestellte.

Seraphin, der vor der enormen Verantwortung in der Küche seiner Herrin und Chefin nie zurückgeschreckt war, erfüllte seinen Auftrag mit manischer Sorgfalt, wählte den passenden Wein für den jeweiligen Liebhaber und erfand neue Gerichte, die genau auf die Seelenzustände der Herzogin und die jeweiligen Eigenarten ihrer immer sehr heterogenen Liebesbeziehungen abgestimmt waren: kräftig gewürzte Gerichte von abwechslungsreichem, aggressivem Geschmack für Sascha, den russischen Geliebten der Herzogin; mit allerlei Likören zubereitete Sahnecremes für Arturo, der nicht nur ihr Geliebter, sondern auch Dichter und Alkoholiker war; Gerichte voller Pathos für Bernardo, den geliebten Psychiater …

Da die Zeit jedoch ohne Pardon voranschreitet und Seraphin dem Ephebenalter betörender Beine und seraphischer Unschuldsaugen lange entwachsen war, hatte sich Pámfila de Castis zu ihrem großen Leidwesen gezwungen gesehen, einen Küchenjungen einzustellen, der all jene Aufgaben wahrnahm, die weniger Kreativität erforderten. Seraphin hatte seinen Gehilfen selbst aussuchen wollen, was der Herzogin gar nicht gefiel, da sie die Neigungen ihres Kochs kannte und mit einem hübschen Jungen in der Küche ein deutliches Nachlassen seiner kulinarischen Hingabe befürchtete. Pámfila hatte es immer amüsant gefunden, einen Koch aus Edom zu haben, doch was wäre, wenn Seraphin der Versuchung erläge und mit dem Küchenjungen in der Küche sündigte? Dieser entsetzliche Gedanke bereitete der Herzogin Alpträume, in denen sie spermatriefende Speisen, uringebeizte Soßen und blutige, nach Schweiß schmekkende Desserts sah. Aus Liebe zu Seraphin akzeptierte sie jedoch den Jungen, den dieser erwählt hatte: ein fünfzehnjähriger Bengel von ungewisser Herkunft, der bis zu diesem Zeitpunkt mehr als nur eine Brieftasche gestohlen hatte. Pámfila, der es, vor allem was Seraphin anging – der über Jahre hinweg ihre große platonische Liebe gewesen war –, nicht an Wohlwollen mangelte, hielt es nur für gerecht, dem Koch und seinem Küchenjungen eine angemessene Probezeit einzuräumen. Sollten sich die beiden ihres Vertrauens würdig erweisen, hätte sie gegen die Anwesenheit des Jungen nichts einzuwenden. Nun ja, Stärke ist eine Tugend, die vom Fleische fällt, wenn die Versuchung groß ist, und der getreue Koch widerstand nur wenige Tage, bis er jener Stimme gehorchte, die aus seinem tiefsten Innern sprach und ihm befahl, seine Hände auf die Pobacken des Jungen zu legen. Doch, ach, der Körper des Jungen war für diese zärtliche Geste unzugänglich, und weder Ausdauer noch tausendundeine List des schelmischen Seraphin konnten den Bengel erweichen, der sich mit großer Geschicklichkeit dem Zugriff fremder Hände zu entziehen wußte. Seraphin ließ jedoch nicht locker, und der Küchenjunge mußte zunehmend Phantasie aufbringen, um so hartnäkkiger Verfolgung zu widerstehen. Mehrmals erwog der Jüngling die Möglichkeit, einfach zu verschwinden und den feuchten Freier sitzen zu lassen, aber dann waren die Anstellung als Küchenjunge und die winkenden Einkünfte doch zu verführerisch, um bei der ersten Widrigkeit gleich alles über Bord zu werfen. Aus diesem Grund beschloß Crispin – so hieß der Junge –, weiterhin als uneinnehmbare Festung in der Küche auszuharren. Sein Widerwille gegen Seraphins pathetische Beharrlichkeit wurde von Tag zu Tag größer, und während er geduldig die Zutaten zu Pámfilas vorzüglichen Soßen zerkleinerte, schmiedete Crispin raffinierte Rachepläne gegen den alten Koch. Obwohl er als Strichjunge früher die Prostituion in all ihren Spielarten betrieben hatte, war er von der luxuriösen Atmosphäre im Haus der Herzogin so beeindruckt und sogar gewandelt, daß er sich nach einem ehrbaren Leben sehnte, wie es seiner Meinung nach die Herzogin führte. Zu allem Unglück hatte sich der Bengel noch in Pámfila verliebt und ward von Eifersucht gepeinigt, als er feststellen mußte, wieviel Zuneigung sie für Seraphin empfand. In Crispins fiebriger Phantasie nahm die Tragödie Gestalt an: Wenn er erreichte, daß Pámfila Seraphin entließ, unterstände ihm die herzogliche Küche, und das wäre vielleicht der Weg, auf dem er eines Tages zum Herzen und zum Schoß von Pámfila de Castis vordringen könnte. Selbst eine Heirat wäre nicht undenkbar. Solche Aussichten waren mehr, als der Junge sich damals hätte träumen lassen, als die Landschaft seines Lebens nur aus fremden Taschen und für Stunden gemieteten Betten bestand. Eine Herzogin zu heiraten, die zudem noch schön war und die er wirklich liebte, müßte für ein gleich nach der Geburt ausgesetztes Findelkind der Gipfel der Erfüllung sein. Ja, er wollte diese herrliche Frau verführen, auch wenn er dafür über Leichen gehen mußte, angefangen bei der des verhaßten Kochs. Der Junge war trotz seiner frühen Ganovenlaufbahn recht sensibel und hielt jedes Blutvergießen für dumm, solange es noch andere Möglichkeiten gab, ans Ziel zu gelangen. Er beschloß daher, das Ansehen Seraphins bei der Herzogin zu untergraben, bevor er zu anderen Maßnahmen griff. Er brauchte nicht lange, sich einen Plan zurechtzulegen, den er für recht wirkungsvoll hielt: Er würde die von Seraphin zubereiteten Speisen mit Schalenstücken von trockenem Obst, mit Haaren, hier und da einem Schnipsel

Zeitungspapier und Überdosen von Pfeffer und Salz verderben. Das einzige, was den Erfolg seiner Machenschaften gefährden konnte, waren die allgegenwärtigen Luchsaugen Seraphins; doch der gewitzte Bengel wußte sehr wohl, daß sein kleiner Hintern auf den alten Koch eine solche Anziehungskraft ausübte, daß sein Blick häufig genug von den dampfenden, wohlriechenden Töpfen fortwanderte und sich auf die strammen Zwillingshügel heftete, die er so heftig begehrte.

Das Schicksal wollte es, daß Pámfila de Castis in jenen Tagen zerstreut war und wenig Appetit zeigte, da ihre ganze Aufmerksamkeit von einem neuen Liebhaber in Anspruch genommen wurde. Reinmund war ein Mann von reinem Mund oder einer, der seinen Mund rein hielt, ganz wie beliebt, was bedeutete, daß kein Kuß seine Lippen gestreift hatte. Ich würde nicht behaupten wollen, daß Reinmund diese Geschichte nur erfunden hatte, um sich mit dem Hauch von Einzigartigkeit zu umgeben, auf den die Herzogin so erpicht war; doch wie dem auch sein mochte, das mit dem ungeküßten Mund ließ Pámfila keine Ruhe, und sie fühlte sich wie eine moderne Salome. Der biblische Anklang verlieh dem Verhältnis etwas reizvoll Morbides, was die Herzogin vermutlich daran hinderte, so rasch das Interesse zu verlieren, wie sie es üblicherweise tat. Sie gab sich so sehr dieser Leidenschaft hin, daß ihr Appetit nachließ und sie kaum darauf achtete, was sie zu sich nahm. Und obwohl sie über Tage hin in ihren Speisen Haare und ähnliche Schweinereien fand, nahm sie kaum Notiz davon und meinte, Seraphin habe wohl seine Tage und Schwierigkeiten, sich zu konzentrieren. Auch Reinmund merkte nichts oder tat jedenfalls so, als mundeten ihm die versalzenen Leckereien vorzüglich. So ist nun einmal die Liebe, verlogen und falsch wie eine Schlange. Zum Glück sind Pfeffer und Salz aphrodisierende Gewürze, so daß ein mit gegensätzlicher Absicht herbeigeführter Zustand nichts anderes bewirkte, als das Feuer der Liebenden noch zu schüren. Der arme Crispin verstand die Welt nicht mehr. Wie war es möglich, daß eine Frau, die in dem Ruf stand, eine begnadete Feinschmeckerin zu sein, solchen Schlangenfraß tatsächlich aß? Voller Verzweiflung und nicht länger bereit, seine gastronomischen Sabotageakte unbemerkt zu lassen, beschloß der Junge, von nun an auf jegliches Feingefühl zu verzichten. Hätte er doch nur die Kraft, all die herrlichen

Cremes ekelhaft faulig schmecken und wie Misthaufen stinken zu lassen! Als er sich schließlich der Einsicht beugen mußte, solcher Kraft nicht teilhaftig zu sein, ersann er neue Listen, bis er eines glücklichen Tages, den er sein Leben lang nicht vergessen sollte, die so lang gesuchte Lösung fand.

Für Pámfila de Castis war es ein ganz besonderer Tag: Reinmund hatte versprochen, sich von ihr küssen zu lassen, falls es ihr gelänge, ihn mit etwas ungeheuer Originellem zu überraschen. Pámfila grübelte den ganzen Tag über neuen Anekdoten, erfand amüsante Lügen über ihre Vergangenheit, schrieb Witze auf und versuchte, sie auswendig zu lernen, und wählte eine der Gelegenheit angemessene Garderobe. Schon glaubte sie, die richtige Mischung aus allem gefunden zu haben, da überfiel sie eine tiefe Niedergeschlagenheit. Sie hatte schon zuviel erlebt und wußte, daß die Zahl der Überraschungen und neuen Erfindungen im Leben begrenzt war. Sie hatte das Gefühl, die Quellen ihrer Einbildungskraft seien für immer versiegt und auf dem Grunde des Brunnens befeuchte brackiges Wasser nur noch verwesende Algen. Da erinnerte sie sich des Tages, an dem sie – als sie noch jung war und glaubte, Überraschungsfähigkeit wiche nie von ihrer Seite – geschworen hatte, sich das Leben zu nehmen, wenn das, was den Sinn und Zweck ihres Daseins ausmachte, sie verlassen sollte. Jetzt schien dieser gefürchtete Augenblick gekommen zu sein und nichts könne sie vor dem unausweichlichen nahen Tod bewahren; sie fing sogar schon an, sich Gedanken zu machen, auf welche Weise sie sich umbringen sollte. Sie warf das Kleid, das sie sich für den Abend herausgelegt hatte, in die Ecke, wickelte sich in ein Bettuch ein und weinte eine Weile.

Als Reinmund pünktlich wie immer zu ihr kam, fand er Pámfila bitterlich weinend, in ein weißes Laken gehüllt wie eine Jungfrau. Sie schluchzte und stammelte unverständliche Worte. Nach und nach ließ sie sich von ihrem Geliebten beruhigen, weigerte sich jedoch, ihm den Grund ihres Kummers zu verraten; sie sagte ihm lediglich, ihre Zofe habe durch einen unverzeihlichen Fehler ihr Lieblingskleid ruiniert. Reinmund lächelte belustigt ob der Tränen und ihrer Ursache, schlug vor, zu Abend zu speisen und rief Seraphin. Der alte Koch hatte zehn Stunden für die Zubereitung des Nachtmahls aufgewandt.

Kurz bevor Seraphin den Herrschaften die

Speisen servierte, gelang es nun Crispin – einstmals Strichjunge und jetzt überzeugt, für ein Leben in Kaschmir und Naturseide geschaffen zu sein –, in einer ebenso glorreichen wie bedauerlichen Intervention, dem Markklößchensalat eine geheimnisvolle Zutat beizufügen. Ein leichter Schwung mit Hintern und Hüften reichte, um die Aufmerksamkeit des Kochs auf sich zu ziehen, der, den Blick an dem süßen Hinterteil des Bengels verloren, nicht mitbekam, wie dieser ein Objekt in die Salatschüssel gleiten ließ, das kleiner war als ein kleiner Finger. Es war eine überraschend saubere Arbeit.

Hätte die Herzogin an diesem Abend die Türen ihres Zimmers offenstehen lassen, wäre ihr geliebter und treuer Koch, Seraphin mit Namen, einer rührenden Szene ansichtig geworden. Pámfila, noch immer in das weiße Laken gehüllt, das sie wie eine Jungfrau, aber deswegen nicht weniger verführerisch aussehen läßt, streicht zärtlich über Reinmunds Nacken und bedeckt ihn mit Küssen, die an den Schultern ihren Anfang nehmen, an seinen Ohren verweilen, den Hals hinabfahren, sein Kinn erklimmen, beide Wangen streifen und sie mit einer leichten Röte überziehen, sich auf den Nasenflügeln niederlassen, auf den schmachtend geschlossenen Augenlidern, auf der herrlichen Stirn, seine Schläfen berühren, über die Nase wieder hinuntergleiten und schließlich vor seinem wundervollen Mund verharren, den niemand bisher geküßt hat, und der noch niemanden küßte. Reinmund öffnet die Lippen, befeuchtet sie mit der Zunge, dehnt seinen Hals und legt den Kopf weit zurück. Pámfila ist heiß und feucht und zittert vor Begierde. Wird sie diesen Mund heute küssen? Wird sie die begehrte Trophäe gewinnen?

Mit einem jähen Entschluß rafft sie das Leinentuch zusammen und serviert erst einmal das Essen. Sie trägt das Laken mit unbestreitbarer Würde und Eleganz, und mit unendlicher Anmut öffnet sich selbiges einen Spalt, ganz kurz nur, doch lang genug, damit der Salatschale etwas entweicht und sich aus eigenem Antrieb in das Innere des provisorischen Gewandes von Pámfila de Castis begibt, die das Abendmahl aufträgt, doch plötzlich ihre Meinung bezüglich der Art ihres Appetits ändert und, als gehorche sie einem verzweifelten erotischen Drang, dem Geliebten ins Ohr flüstert, das Mahl müsse warten. Langsam entledigt sie sich des Bettuchs und steht nackt vor Reinmunds Augen. Da dieser den Körper der

Herzogin auswendig kennt, richtet sich sein Augenmerk schon bald von den üppigen runden Brüsten mit den großen, steif aufgerichteten Warzen etwas Neuem zu, das sich im Schoß der Dame windet. Reinmund beugt sich ein wenig vor, um die Überraschung aus der Nähe zu betrachten und stellt voller Entzücken fest, daß Pámfilas Vulva, die göttliche Vulva, eine einzigartige Zierde schmückt: ein Skorpion, kleiner noch als ein kleiner Finger. Die Anmut, mit der der Skorpion seinen Stachel bewegt, versetzt Reinmund in Extase, und behutsam schiebt er die Beine der Geliebten auseinander, um das, was dort vorgeht, in seiner ganzen subtilen Großartigkeit gebührend würdigen zu können. Dann hebt er seinen Blick voll aufrichtiger Bewunderung zu Pámfilas Antlitz empor, das in diesem Augenblick vor Stolz erstrahlt, vor Stolz auf eine Vulva, die so begehrenswert ist. Reinmund hat nicht mehr den leisesten Zweifel; tief beeindruckt und begierig jetzt, einem solchen Ausbund an Einzigartigkeit den ausgelobten Preis zu überlassen, flüstert er mit verliebter Stimme:

»Geliebte, du wirst mich stets überraschen.«

Was ein Jammer, daß Reinmunds Rede an

diesem Punkt unterbrochen wurde. Ein entsetzlicher, gellender Wehlaut hinderte ihn, seine Bewunderung für eine überaus originelle Frau noch inniger zu bekunden.

Am Tage der Beerdigung von Pámfila de Castis, die eine keineswegs alltägliche Herzogin gewesen war, weinten ein geläuterter Strichjunge, ein Koch in fortgeschrittenem Alter und ein Mann von reinem Mund bittere Tränen. Reinmund erhängte sich wegen seiner Dämlichkeit. Seraphin und Crispin wurden ein Paar.

KINDERSPIEL

Der Himmel aller Himmel, der Ruhm eine Armlänge vor mir, Segnung ohne Ende. Ich muß nicht mehr zittern; der Plan ist absolut zuverlässig. Seit Wochen habe ich ihn studiert, mir jeden Winkel des Hauses gemerkt, jede Tür, jedes Fenster, damit kein Lichtschein mich verwirren konnte, wohin die Treppen führen, jedes Zimmer und wie groß es war, und wie ich dahin kam, wo ich jetzt stand. Dennoch zitterten meine Hände, als ich den Dietrich ins Schloß steckte, und als die Tür sich ohne Widerstand öffnen ließ, hämmerte Leere in meinem Kopf.

Jetzt aber nicht mehr; jetzt muß ich nicht mehr zittern. Ich muß nicht einmal mehr die Pistole streicheln, die meine Tasche ausbeult. Der Lichtkreis einer Taschenlampe, die nur von der unermeßlichen Kraft des Begehrens getragen wird, das mich hierher geführt hat, wandert ruhig und sicher über jede Handbreit des Bildes, und alles kommt mir vor wie ein Kinderspiel.

Von dem Fuß, der die Genitalien des Mannes zerquetscht, lenke ich meinen Blick langsam diagonal nach oben, eine Tonleiter von Grautönen entlang, bis ich ihr Lächeln erreiche; ein harter, verzerrter Pinselstrich, ein Rot, das im linken oberen Winkel der Leinwand zerbirst, ausgeglichen im rechten unteren Winkel des Bildes durch einen anderen Pinselstrich in Rot, der jedoch weitaus dicker aufgetragen ist: das Blut, das von seinem Oberschenkel herabtropft und die rechte untere Ecke des Bildes rot färbt.

Ich lasse mich von dem Blick des Mannes in Bann schlagen; meine Taschenlampe verharrt auf den Augen, in denen die niederträchtige Wonne eines Selbstmörders steht, der den Schmerz und die Ablehnung der Frau gar nicht bemerkt. Die Frau wendet den Blick ab von der Demütigung und Todessehnsucht ihres Geliebten und lenkt den ganzen wilden Zorn ihrer Augen auf den eigenen, tötenden, erniedrigenden Fuß. Beide töten, ohne sich zu verbünden, ohne im Tod zur letzten innigen Umarmung zu finden.

Langsam wie eine Dosis Gift, die mit dem Blutstrom fließt und bis zur unvermeidlichen Lähmung der lebenswichtigen Organe sich spielerisch in seinen Windungen wälzt, kriecht das gleiche Gefühl in mir hoch, das mich erschaudern ließ, als ich zum ersten Mal die Reproduktion des Bildes in einer Kunstzeitschrift sah. Vergebens habe ich mich seither bemüht, die morbide Faszination, die dieses Gemälde auf mich ausübt, zu überwinden; ungeachtet meines inneren Aufruhrs versteift sich mein Glied und wölbt sich unter der Hose. Meine Augen verengen sich, und mein Blick wird verschwommen. Ich taumele wie eine Marionette, bis es mir gelingt, mich von dem Bild loszureißen. Erniedrigung und Tod bohren sich jetzt heiß in meinen Rücken. Fliehen, ohne Zögern dieses Haus verlassen und für immer auf den Besitz der Bilder verzichten. Diese verfluchten Bilder. Meine Schritte gehorchen dem schwachen Befehl zur Flucht, der vom Gehirn kommt, und nehmen eilig die Richtung zum Ausgang. Ich beschleunige sie, doch mein getrübter Geist gibt mir die während meines Studiums der Grundrisse so eifrig gesammelten Details nur noch verschwommen wieder; meine Gehirnzonen färben sich perlgrau, das Perlgrau wird immer dunkler, bis es fast schwarz ist. Schwarz am Ende. Ich stolpere über etwas Hartes, Schweres, mit dem die Vorsehung meine Flucht in einem Sturz enden läßt.

Nachdem ich meinen schmerzenden Körper wieder in die Vertikale gebracht habe, ist die Angst sinnlos geworden. Den Plänen zufolge hängt das zweite Bild in einem der Schlafzimmer des oberen Stockwerks. Ich orientiere mich in dem auswendig gelernten Raum, finde den Treppenaufgang und setze mich in Bewegung. Vom ersten Schritt bis zur ersten Stufe kostet es mich einige Überwindung, doch der Rest ist dann ein Kinderspiel.

Meine Zweifel verflüchtigen sich im Dämmerlicht, und übrig bleibt nur noch mein Verlangen. Das Verlangen nach den verdammten Bildern, ohne die meine Begierde in einem Meer von anderen Gesichtern, Körpern und Gesten ertrinkt, mit deren Abnutzung die Einsamkeit immer dichter wird. Jetzt stehe ich allein in einem unbekannten Haus, das ich jedoch im Traum kenne, allein mit dem weichen Geräusch meiner Schritte auf den teppichgedämpften Stufen. Falls alles wie vorgesehen funktioniert hat, trennen mich nur noch wenige Meter von meinem zweiten Ziel. Ich weiß, daß ich am Ende der Treppe nach rechts abbiegen, mich ohne die Hilfe meiner Taschenlampe an der Wand entlangtasten und in das Zimmer hinter der dritten Tür eintreten muß. Das Kinderspiel steht kurz vor seiner Vollendung.

Ich trete ohne zu zögern ein, doch kaum habe ich die Schwelle überschritten – und obwohl mir derjenige, von dem ich die Grundrisse habe, ein ums andere Mal versichert hat, die Bewohner seien während der ganzen Woche nicht zu Hause –, höre ich das leise Geräusch sich bewegender Körper, das mir das Blut gefrieren läßt und den Atem verschlägt. Das Geräusch des Unvorhersehbaren. Jemand knipst das Licht an, und das Pochen dreier Herzen beschleunigt sich im Gleichklang. Ein Mann und eine Frau, nackt auf dem Bett, blinzeln den Eindringling an, der so unpassenderweise in ihr Reich eingedrungen ist. Für eine Flucht ist es zu spät. Die beiden Leiber lösen sich mit vor Furcht angespannten Nerven und Muskeln voneinander, und die Hände, die gerade noch über Faltenwürfe, Erhebungen und Körperrundungen streichelten, erstarren in unwahrscheinlichen und lächerlichen Gesten. Ein befreiendes Gelächter löst die Spannung meiner Nerven. Offenen Mundes wenden meine Gastgeber ihre Aufmerksamkeit mir zu, der raschen, knappen Bewegung meines rechten Arms und schließlich dem leicht zu identifizierenden Gegenstand in meiner Hand. Schwarz, geladen und allmächtig.

Solange ich den Eindruck habe, daß sie mit dem Anschauen der Waffe beschäftigt sind, lasse ich meinen Blick auf der Suche nach dem Bild durchs Zimmer schweifen. Ich entdecke es an der Seitenwand rechts von mir. Ohne mich von der Stelle zu rühren, schmiegt sich mein Körper an die Leinwand des Gemäldes, kriecht hinein, damit meine Haut die verschiedenen Tasteigenschaften der Pinselstriche spüren und unterscheiden kann: sinnlich in den Bereichen, in denen die beiden sich liebenden Körper sich vereinen und ineinanderfließen, und abweisender dort, wo sie die einsame Gestalt des Mannes gemalt haben, der lässig in einem Sessel sitzt. Ich verliere jedes Gefühl für Zeit beim Blick in diese Augen, die unerschütterlich die Szene beherrschen, als ob der Kampf der Geschlechter, der sich vor ihnen entfaltet, sie nicht in die geringste Verlegenheit bringt. Jede Erregung meines bisherigen Lebens verblaßt angesichts dessen, was ich für die beiden Bilder empfinde, die die Mauern dieses Hauses in sich bergen.

Alles in allem dürfte ich nicht länger als ein paar Sekunden abgelenkt gewesen sein, doch als ich das Pärchen wieder anschaue, sehe ich, daß sich in der Haltung des Mannes, eines unglaublich hübschen Jungen von etwa meinem Alter, Entscheidendes verändert hat: seine Augen, in denen längst nicht mehr der Schrecken von vorhin liegt, schießen Pfeile der Begehrlichkeit ab, die ohne Zweifel auf mich gerichtet sind. Mit gemächlicher Lüsternheit bahnt sein Blick sich einen Weg über meinen Körper und entkleidet mich bei jedem Schritt ein wenig mehr. Von meinen Augen fährt er den Oberkörper hinunter, leckt über meine Hüften, die Hände, verharrt auf der immer deutlicher hervortretenden Wölbung meiner Hose und kehrt dann zu seinem eigenen, steif aufgerichteten Glied zurück. Es ist ein sehr beeindruckendes Exemplar der Gattung Phallus: dick und lang und mit fein geschwungener Eichel.

Der Junge löst sich von der Frau, gleitet aus dem Bett und kriecht auf allen Vieren zu mir, bis er sich zu meinen Füßen auf die Knie erhebt. Sein sinnlicher Mund ist leicht geöffnet und auf gleicher Höhe mit meiner Pistole. Samtweich wie eine Katze streicheln seine Hände meine Beine, die Innenseiten meiner Schenkel, und als er ahnt, daß mein Baum zur äußersten Verfügbarkeit herangewachsen ist, öffnet er meine

Hose, zieht sie mir bis an die Knöchel herunter, und seine Finger fahren liebkosend meine Beine hinauf, spielen in meinen Leisten und gleiten geschickt und ohne Hast in meine Unterhose. Eine Hand wiegt meine Testikel und betastet meinen Phallus, während die andere sich zwischen meinen Hinterbacken verliert, sie spreizt und zupft und massiert, bevor sie den Stoff in Fetzen reißt, der gerade noch die delikaten Teile meiner Anatomie bedeckt hat. Ein fleischiger, roter Mund nähert sich hungrig und mit perfider Langsamkeit meiner bebenden Eichel; die sanfte Brise seines Atems trifft meine Haut, feuchtet sie an, setzt sie in Brand. Ich lasse meine Finger in seinem seidigen dunklen Haar spielen, doch als seine Lippen höchstens noch einen Millimeter von meinem Glied entfernt sind, ersetze ich es wie durch Zauberhand durch meine Pistole, reiße den Jungen an den Haaren brutal zurück und stecke ihm den Lauf meiner Waffe in den Mund, bereit, ihm das Gehirn aus dem Kopf zu schießen. Seine Lippen zucken nicht einmal, und sein Gesicht ist unverändert. Unverändert schön. Selbst in Unterwerfung und Demut ist es noch schön.

Der Gedanke, daß der Junge nur eine Rolle spielt, um mich zu becircen und von meinem Vorhaben abzubringen, würde mich erleichtern; aber ich weiß – ich sehe es in seinen Augen, die mich unverwandt anschauen –, daß seine Erregung absolut frei von Heuchelei ist. Seine Hingabe, seine Gier nach mir und seine grenzenlose Bereitschaft, sich der Gefahr auszusetzen, sind entsetzlich echt. Ich werde ihn wohl umbringen, damit er mich nicht länger verfolgt mit seinen Blicken, seiner Begierde, seiner Geilheit, seiner Geschicklichkeit, mich zu erregen, mit seiner zarten, androgynen Gestalt. Seine Haut ist so golden und seine Augen und Haare sind so dunkel, daß ich ihn im Geiste auf den Namen Bruno taufe, vielleicht aber auch, damit die Erinnerung an ihn niemals anonym sein wird. Ich sage den Namen ein ums andere Mal mit lauter Stimme, und er antwortet auf diesen seltsamen Ruf, indem er mit Zunge und Lippen den Lauf meiner Pistole besaugt, seinen Speichel auf diesem gefühllosen Gegenstand hinterläßt, der längst nichts anderes mehr ist als dekoratives Zubehör eines Szenarios. Während ich die Augen schließe, um ihn nicht mehr sehen zu müssen – im Geiste sehe ich ihn jedoch hundertfach –, werfe ich die Pistole zu Boden und weiche ein paar Schritte zurück, fort von ihm. Meine Blindheit dauert jedoch höchstens einige Sekunden, und als ich die Augen wieder öffne, seh ich ihn auf allen Vieren, mir seinen prächtigen, strammen Hintern darbietend, dessen wohlgerundete Backen sich aufreizend im Rhythmus seiner Hüften bewegen. Wie ein Blitz fährt der Argwohn durch mein Hirn, hinter einem solch gewagten Verhalten verberge sich möglicherweise eine weit gemeinere Absicht, als die der bloßen Ablenkung. Doch dann schiebe ich die unheilvolle Vorahnung beiseite, und ohne meinen Blick von dem feuchten, empfänglichen Anus abwenden zu können, der zwischen Brunos herrlichen Hinterbacken hervorlugt, streife ich meine Schuhe ab und streichle seine Kerbe mit meinen Zehen. Ich lasse sie in dem seidenweichen Flaum spielen und fühle das heftige Pochen des Schließmuskels. Mein ganzer Körper drängt danach, mich in Brunos Fleisch und in seine zugänglichen Löcher zu versenken; aber vorher, hämmere ich mir ein, muß der Plan ausgeführt werden, der mich hierher gebracht hat, muß ich die Bilder an mich nehmen, damit alles die Ordnung hat, die durch das Gesetz meiner Wünsche bestimmt ist. Ich drehe meinen Kopf zu der rechten Wand, und das Bild speit mich wieder mit der Gewalttätigkeit des Mannes an, der den beiden Liebenden zuschaut, ohne daß in seinem Gesicht die geringste Regung zu erkennen ist. Die Unerschütterlichkeit dessen, der weiß, daß er Bestandteil einer Fiktion ist, die sich ihrerseits vor fremden Augen entfaltet. Auf dem Bild gibt es keine Liebe und keine Liebenden mehr, keine nackten Körper und sich suchenden Geschlechter, allein der kalte, berechnende Blick, der verletzen soll: die Wirkung ist so erschütternd wie beabsichtigt.

Ich weiß, daß Bruno meinen Blick aufgefangen hat, und während er noch meinem Fuß leckt, den ich ihm wenige Sekunden zuvor am liebsten ganz in sein Gedärm hineingesteckt hätte, fühlte ich das dringende Bedürfnis, hinauszuschreien, daß ich der Dieb, der Eindringling bin und niemand außer mir zu fordern oder anzugreifen hat. Ich hasse Bruno, denn in seinem Wahnsinn hat er mir eindeutig die Herrschaft über die Situation entrissen. Die Herrschaft überhaupt. Mein Fuß tritt in das Gesicht, das ihn küßt und sanft beknabbert, und ich wende mich der Frau zu, die hilflos und verängstigt die Szene betrachtet. Sie sitzt in dem zerwühlten Bett, und ohne sie eines Blickes zu würdigen, springe ich auf sie und schiebe mein Glied in ihre trockene, abweisende Scheide. Ohne auf irgendein Zeichen der Zustimmung zu warten. Ich bin der Bösewicht, ich bin der, der rücksichtslos und straflos Schläge austeilt. Wütend bohre ich mich in ihre Vulva, aber ich vermag ihr nicht die geringste Regung, weder der Angst noch der Lust, abzuringen.

Ohne irgendeinen Befehl meines Bewußtseins zu befolgen, irren meine Augen über das Gemälde an der Wand. Der Mann hat den vergifteten, den teilnahmslosen Blick seiner blinden Augen auf die beiden lustlos kopulierenden Körper gerichtet. Ich werde den Schöpfer dieses bösartigen Hirngespinsts, dem ich mich nicht entziehen kann, umbringen; übel mitspielen werde ich diesem Maler, der mich in Trugbildern zu leben zwingt.

Am anderen Ende des Bettes steht Bruno, starrt mich an. Ohne eine Bewegung, die dazu angetan sein könnte, meinen Koitus zu unterbrechen, verschlingt er mich mit seinem Blick, beansprucht mich ganz und gar für sich. Ich wende mich wieder dem Bild zu und bin kaum noch imstande, meinen absurden Kopulationsanstrengungen den rechten Nachdruck zu verleihen. Bruno folgt meinem Blick; ich kann ihn nicht abschütteln. Er bemächtigt sich jeder meiner Gesten und saugt sie auf; ich fliehe dem Zauber seiner Augen, die alles umfassen, alles verstehen. Sein Leben hat nie die geringste Erschütterung erfahren, als habe er im voraus alles gewußt. Ich hasse ihn. Er strahlt eine unerklärliche Heiterkeit aus, die mich lähmt. Ich werde ihn töten, nur um des Vergnügens willen, eine Regung auf seinem Gesicht zu sehen.

Unfähig, tiefer in die spröde Trockenheit der wie leblos unter mir liegenden Frau einzudringen, stehe ich auf und suche meine Kleider zusammen, fest entschlossen, diesem, einem Alptraum entsprungenen Haus, für immer zu entfliehen. Doch während ich mich unter Brunos ewig wachsamen Blikken überstürzt anziehe, gerät mein Vorsatz ins Wanken, und ich schwöre mir, daß es das letzte Mal sein wird, daß meine tränenumflorten Augen das Bild anschauen. Die Tatsache, daß ich mich ihm nicht entziehen kann, ist offenkundig und trifft mich wie eine Ohrfeige; über das Ausmaß meiner Besessenheit, die mich wochenlang an eine immer auf der selben Seite aufgeschlagenen Zeitschrift fesselte, kann ich mich keiner Täuschung hingeben. Ich kenne die Entzugserscheinungen genau und weiß, daß es keine Medizin gibt, die mir diese Abhängigkeit mit der Wurzel auszureißen vermag. Die Tränen befeuchten meine Wimpern, und alles um mich herum verschwimmt, bis meine Sinne versagen. Das letzte, was ich sehe, ist ein unerschütterlicher Blick im Zentrum eines Strudels von Pinselstrichen. Danach das Nichts und die unendliche Erlösung von meiner Qual.

Ich erwache in Brunos Armen, die meinen Leib umschlingen, während seine Zunge zärtlich die bitteren Tropfen ableckt, die mein Antlitz baden; meine Lippen durchqueren den leeren Raum, der sie von Brunos Lippen trennt, und dann wühlt meine Zunge in dem feuchten, begehrlichen Fleisch seines Mundes. Ich öffne meine Augen, deren Tränen getrocknet, die jetzt jedoch feucht von seinen Küssen sind, schaue mich um und stelle fest, daß während meiner Ohnmacht jemand – vielleicht die Frau, die nicht mehr im Zimmer ist – beide Bilder an meine Seite gelegt hat, so nah, daß ich meine Hände nur einen halben Meter ausstrecken muß, um sie zu berühren. Ich betrachte noch einmal das aus dem unteren Stockwerk und verharre bei einem Detail, das mir zuvor nicht aufgefallen ist: In einer unteren Ecke sehe ich die in schwarzer Farbe unleserlich hingekritzelte Signatur des Malers. Weil es in meiner Zeitschrift gestanden hat, weiß ich, daß seine Identität geheimnisumwittert und noch immer nicht gelüftet ist. Einer seiner Freunde hatte alle Vorbereitungen getroffen, die für die Ausstellung und den Verkauf seiner Werke erforderlich waren, und wie sehr die Kunstkritiker sich auch mühten, das Geheimnis um Namen und Persönlichkeit des neuentdeckten Talents zu ergründen, es war ihnen kein Erfolg beschieden.

Jetzt bin ich es, der aus dem konfusen Gekritzel einen Buchstaben herauszulesen versucht, doch direkt neben mir bricht schallendes Gelächter los. Ich wende mich erstaunt zu Bruno um und sehe sein vom Lachen verzerrtes Gesicht mit geblähten Nasenflügeln und nach hinten gewölbtem Hals. Zum erstenmal wird sein Antlitz von einer Gefühlsregung berührt, doch ich bin immer noch viel zu verwirrt, als daß ich mich daran erfreuen könnte. Seine Fröhlichkeit ist mir unheimlich, wie ein Peitschenhieb, der mir schmerzhaft in die Haut fährt. Er schaut mich kurz an, dann steigert sich sein Gelächter noch, wird immer affektierter und verwandelt sich in das abscheulichste Geräusch, das ich mir vorzustellen vermag. Bruno sitzt auf dem Boden, und es schüttelt ihn vor Heiterkeit. Ich weiß genau, daß ich ihn nicht eine Sekunde länger ertragen werde. Ich stehe auf, gehe zu ihm und trete ihm wütend in die Genitalien, trete mit aller Kraft zu, bis ich es unter meinen Zehen knirschen höre: Ein Blutrinnsal quillt zwischen ihnen hervor und färbt Brunos Schenkel rot. Von meinem jetzt reglosen Fuß fährt mein Blick langsam an seinem Körper empor, bis zu seinem Gesicht, das jetzt schöner ist als je zuvor: seine Augen, vor Wonne trunken, können mich nicht mehr sehen, sehen nicht mehr den Schmerz, der mich umfängt.

DEIN GEFÄHRLICHER AUTISMUS

Heute ist ein gräßlicher Tag; von vornherein verhunzt. Montag, glaube ich. Die Montage sollten vor Scham, so zu sein, wie sie sind, im Erdboden versinken, oder sich einen Strick nehmen oder einfach ihren Platz im Kalender räumen und ein für allemal aus den Annalen der Zeit verschwinden. Obwohl ich, ehrlich gesagt, nicht den Eindruck habe, daß der heutige Tag so besonders viel schlimmer ist als die dreißig oder vierzig vorangegangenen. Der Montag jedenfalls sollte soviel Anstand haben, sich einen Strick zu nehmen; aber auch der Dienstag und der Mittwoch und der Donnerstag und der Freitag – an so einem Tag wurde ich zum Beispiel geboren: eine einzige lange und unnötige Katastrophe – und der Samstag, und der beschissene Sonntag sowieso. Alle Tage der Woche könnten meinetwegen zur Hölle fahren; und trotzdem, glaube ich, würde sich absolut nichts ändern. Verdammter Mist.

Heute spiegelt sich die Bösartigkeit der Außenwelt sogar in der spöttischen Miene der Gemüsefrau. Nachdem ich bezahlt habe – ich bezahle nämlich immer, was ich kaufe, finde aber hoffentlich einmal die Kraft, ihr die Stirn zu bieten und es nicht zu tun – und mich zum Gehen wende, zischelt sie mit den Kunden – stichelt, besser gesagt, denn ihre Zunge ist spitz und lang wie ein Stilett –, und das hat tatsächlich zur Folge, daß die Leute auf mich zeigen. Das tun sie wirklich; ich glaube wirklich, daß sie das tun. Ohne jede Scham. Sie ziehen sogar richtig entsetzte Gesichter, aber das ficht mich nicht an. Letzten Endes ist es nicht mehr als eine anekdotische Nebensächlichkeit, verglichen mit dem tausendfachen Unheil, das täglich über mich hereinbricht. Ich bräuchte nur jeden Tag in einem anderen Laden einzukaufen, um dem Übelkeit erregenden Schwindelgefühl zu entgehen, den das Gemurmel hinter vorgehaltener Hand und der moralische Aufstand der Menge – wie Pablo es genannt hätte – mir verursachen. Pablo, den ich vergessen möchte, so schnell und so endgültig wie möglich. Pablo, ein vielversprechender, brillanter junger Mann, der glühende Pamphlete gegen die Welle des Puritanismus verfaßte, die uns noch mitten in den Achtzigern überrollt hat. Pablo, der keinen roten Heller auf Keuschheit und Enthaltsamkeit und guten Ton und schreiende Mehrheiten gab, und für den auch das Peinliche und Vulgäre normal war. Zum Teufel mit ihm. Der Kolben ist ihm heißgelaufen, und er ist entsetzt davongerannt. Wie alle. Ein richtiger falscher Fuffziger.

Ich kann sagen – und es liegt ein ganz beachtlicher Wahrheitsgehalt in meinen Worten –, daß ich die ganze Welt verabscheue. Ich habe den Zustand der Gnade und jede Möglichkeit, ihn wiederzuerlangen, verloren. Gestern habe ich geträumt, ein schmutziges, zerknülltes Blatt Papier voll klebrigen Schleims zöge mich in einen Abfalleimer und mache sich dann lachend und johlend davon. Entmutigend, auch wenn es sich nur um einen Traum gehandelt hat. Vor allem, wenn das Leben in den letzten vierzig oder fünfzig Tagen – die genaue Zahl weiß ich nicht mehr – ohnehin nur ein einziger Alptraum war.

Ein einziger großer Scheißdreck. Ich verfluche den Tag, an dem ich mir einredete, ich könnte glaubwürdige Milieus erschaffen, sie detailgetreu komponieren, Handlungsfäden spinnen und jeden einzelnen liebevoll verweben, Wort für Wort und Satz für

Satz, wie ein ernsthafter Zauberer, der die Spielregeln seines Berufes souverän beherrscht. Das einzige, was ich geschaffen habe, ist ein klimakterisches Klima des Erschlaffens um mich herum, als suche eine zarte junge Hand einen Strunk flügellahmer, welker Schwänze wiederzubeleben, und ihre Bemühungen zerschellten ein ums andere Mal an einer unüberwindlichen Mauer passiver Auflehnung. Einer Auflehnung, die nicht demonstriert, die keine Transparente in die Höhe reckt, die keiner Parole gehorcht. Ein Heer flügellahmer, verwelkter Schwänze, die eine ungestörte, frühzeitige Pensionierung anstreben. Sich vom Lustempfinden suspendieren und in die wohltuend gemütlichen Arme eines Klimakteriums *avant la lettre* sinken lassen. Endlose Reihen erschlaffter Phalli, in denen nicht das geringste Verlangen mehr lebt. Allesamt Ausgemusterte des Krieges mit der Großen Sau.

Hure, Nymphomanin, ungezogenes Flittchen. Wie oft muß ich dir noch sagen, daß du erst dann ein Bonbon annehmen darfst, wenn man es dir mindestens fünf Mal hintereinander aufgedrängt hat? Muß ich dir noch einmal sagen, daß du kein Geschenk annehmen darfst, ohne dich hinterher endlos dankbar zu zeigen? Auf dieser Welt – und ich glaube, es ist schon ein bißchen zu spät, als daß jemand versuchen könnte, mir das Gegenteil zu beweisen – ist alles nur eine Frage der Menge. Einer Menge zu Zeiten, die nicht einmal unermeßlich sein muß. Und die auch nicht überall auf der Welt die gleiche ist.

Halten wir uns der Leidenschaft fern, denn die Leidenschaft ist nichts anderes als ein Anschlag auf unsere Unversehrtheit und auf den Wunsch nach Beständigkeit in unserem eigenen Sein, der in uns allen lebt.

Halten wir uns der Ausschweifung fern, denn Ausschweifung ist immer krankhaft. Vergessen wir nie, daß ein einziger Geschlechtsakt ausgereicht hat, uns zu zeugen.

Amen.

Ich verabscheue die ganze Welt, aber über die Natur dieses Abscheus kann ich mir nichts vormachen; ich weiß, daß es die verzweifelte und bewußt arrogante Antwort auf die Verlassenheit ist, deren Objekt ich bin. Objekt wohlgemerkt, niemals Opfer. Noch kann ich erhobenen Hauptes gehen und zumindest versuchen, elegant zu sein. Objekt der Verlassenheit, ja. Doch elegant und hocherhobenen Hauptes. Ich beuge mich nicht und ich verliere nicht die Fassung.

Hoffentlich bringe ich einmal die Kraft auf, der Gemüsefrau zu sagen, daß ihre Hülsenfrüchte – in Anbetracht der besonderen Nutzung, die ich für sie habe – all den hochmütigen, leider aber viel zu zurückgezogenen Phalli, deren Dienste zu erbetteln ich mich weigere, tausendmal vorzuziehen sind. Wenn ich den Zustand der Gnade schon verloren habe, so will ich meinen neuen Zustand – der problematisch ist, sehr problematisch sogar – bis zur letzten zerstörerischen Konsequenz auskosten. Ich werde zutiefst verworfen sein und mich im Sumpf wälzen und hineinsinken lassen, daß keine Haarspitze mehr herausschaut. Verworfenheit darf keine Schwäche zeigen, wenn sie wirklich schön sein soll. Die einzige Verworfenheit, die ich mir wünsche, ist hartnäckig und arrogant. Und unersättlich.

»Autismus«, diagnostizierte Pablo, als er mich verließ. »Gefährlicher Autismus«, korrigierte er kurz vor dem Türenknall, nach dem ich ihn nie wiedergesehen habe. Auch gar nicht wiedersehen will, verdammt nochmal. Ächtung, Einsamkeit, Spott und Hohn von der Straße, Verleumdung und Ungerechtigkeit scheinen mir weitaus gutartiger als Feigheit zu sein. Alle meine Freunde, selbst meine besten, sind vor dem Krieg der Großen Sau desertiert; dabei hatte ich sie nur um eine kleine Linderung meiner Glut gebeten. Ich wiederhole: eine Linderung, keine siebenundzwanzig Linderungen. Sie müssen sich wohl wahre Dschungel von Linderungen vorgestellt haben, denn sie zogen es vor, ihre Schamteile im Panzerschrank einer soliden und sicheren Bank zu deponieren, in der einzig und allein ein unbestechlicher Computer die Kombination kennt.

Es gab eine Zeit – herrlich und trotz meiner Jugend schon fast vergessen –, in der ich mir den Luxus erlauben konnte, selektiv zu sein und wenig anregende erotische Angebote abzulehnen. Heute hingegen bin ich stolze Besitzerin eines tausend Morgen großen Feldes, dessen Fruchtbarkeit mir jeden Monat eine so reiche Ernte an NEINS einbringt, daß ich demnächst daran denken muß, sie auf dem freien Markt anzubieten. Verkaufe Ablehnungen aus zweiter Hand. Ablehnungen aus zweiter Hand für Leute mit Bedarf; für Leute, zu denen noch nie jemand NEIN gesagt hat. Lernen. Das ist der Grund, aus dem wir – dumpf existierend – hier sind: lernen. Und rundherum alles Scheiße.

Als ich vor einigen Monaten begann, diese verdammten Erzählungen zu schreiben, hatte mir das Leben nicht einmal eine Andeutung seines wahren Wesens enthüllt. Heute weiß ich, daß es einem klimaktischen Tief am nächsten kommt.

Mir ist kein einziger Freund mehr geblieben, doch das schlimmste ist, daß ich ihre Namen mit Vergnügen vergesse. Wirklich verletzt hat mich allein das Verlassenwerden von dem, der – vielleicht nur zufällig und unreflektiert – den Grund gesehen hat, den Ursprung all meines Übels und dessen, was kommen würde: meine Exkommunizierung von der Gattung Mensch, die in ihrer Menschlichkeit so fragil und beschränkt ist, daß jeder Versuch, die Grenzen zu sprengen, gleich unmenschlich und verdorben ist.

Autismus. Gefährlich. Zwei Worte, die mir schmerzhaft in den Schläfen hämmern.

Trennen wir unser Leben fein säuberlich von der Literatur; siedeln wir es auf fest umrissenem Gebiet an; die Grenzen verschwimmen und sind gefährlich.

Amen.

Aber ich habe das Gesetz nicht befolgen können; ich habe nicht abzustecken, nicht zu trennen und schließlich nicht zu bewahren gewußt. Das beweist meine Telefonliste mit den zahllosen Durchstreichungen als Zeichen aufgelöster Bindungen und begrabener Beziehungen. Meine armen Hände beweisen es, die so zittrig sind wie die einer alten Frau mit Parkinsonscher Krankheit, steif und geschwollen und längst unfähig, sich in der Technik von Ersatztätigkeit und Selbstversorgung zu vertiefen. Ich kann mir keine Lust bereiten: die erforderliche Dosis ist zu stark für meinen Körper, der im Laufe dieser verzehrenden Monate immer schwächer geworden ist.

An der Grenze zu leben ist gefährlich. Das beweist der spöttische Blick der Gemüsefrau, und das bestätigt die Tatsache, daß sich in meinem Abfall nur phallische Gartenfrüchte finden, verfault und gebadet in dem Geruch von geweihtem Versteck. Geweihtes Versteck von faulenden Gurken besudelt. Gurken steif aufgerichtet in Fäulnis noch. Ein trauriges, groteskes Schauspiel: die Vermischung von Leben und Literatur.

So leid es mir tut, aber ich glaube, ich werde aufhören, erotische Erzählungen zu schreiben.

Es folgt eine Leseprobe aus dem Vorwort des erotischen Romans »Irène«, der zunächst unter Pseudonym publiziert wurde, als dessen Urheber die Literaturwissenschaft mittlerweile aber Louis Aragon zweifelsfrei bestimmt hat:

»Ungefähr um diese Zeit erinnere ich mich, Camus in der Rue Séguier, wo er damals wohnte, sagen zu hören, daß er diesen Text, den er soeben entdeckt hatte, für den schönsten aller erotischen Texte hielt. Was mich betrifft, so habe ich ihn wahrscheinlich zum ersten Mal um 1943 oder 1944 gelesen, zu einer Zeit, als meine achtzehn Jahre sich von der Lektüre und von dem geringen Verdienst nährten, den ich durch den Handel mit mehr oder weniger gefragten Büchern erzielte. Es war die Zeit, als Verbote und Papiermangel Bücher zu einer der kostbarsten Handelsware machten, die deshalb allzu oft außerhalb der finanziellen Möglichkeiten eines Jugendlichen lagen, der in jeder Beziehung schlecht genährt war. Es gab damals – jetzt gibt es das vielleicht weniger – junge Leute, die wie in *Fahrenheit* ganze Seiten von Lautréaumont, von Breton, von Valéry auswendig wußten: »So lange dauert der Glaube an das Leben, an das Ungewisse des Lebens, an das wirkliche Leben, versteht sich, daß sich schließlich dieser Glaube verliert

Der Mensch, dieser endgültige Träumer …«

»Ich habe mich selten aus dem Auge verloren; ich habe mich angebetet, ich habe mich verabscheut, dann sind wir zusammen gealtert …«

»Dort, in einer von Blumen umgebenen Baumgruppe, ruht der Hermaphrodit in tiefem Schlummer auf dem Gras, das von seinen Tränen naß ist …«

Einige konnten Laclos zitieren: »Ich wurde zu der Zeit in die große Gesellschaft eingeführt, als ich noch ein Mädchen und deshalb zur Stille oder zur Untätigkeit verurteilt war; ich wußte das zu nutzen, um zu beobachten und um nachzudenken …«

Und einige konnten sogar, als größte Seltenheit, Sade zitieren: »Die Grausamkeit, eine Frucht der äußersten Sensibilität der Organe, ist nur äußerst empfindsamen Wesen bekannt, und die Exzesse, in die sie sie treibt, sind nur die Raffinements ihrer Feinfühligkeit.« Da *Irène* ebenso unbekannt wie ungewöhnlich war, blieb sie von diesen mnemotechnischen Huldigungen ausgeschlossen, deren sie übrigens würdig gewesen wäre. Was nun mich betrifft, dessen Neigung zweifellos durch die moralischen und materiellen Verbote, die mir zwischen meinem fünfzehnten und zwanzigsten Lebensjahr blühten, verschärft wurde, so kann ich nur sagen, daß *Irène* einer der Titel ist, unter den ich lange Zeit die Absicht hatte, mein Verlagssignet zu setzen. Wenn ich es zuletzt doch nicht getan habe, so nur wegen des unbekannten Autors, von dem ich jetzt wohl sprechen muß.

Denn schließlich ist dies Buch nicht plötzlich aus dem nächtlichen Untergrund aufgetaucht. Zehn Jahre nach 1918 hat ein Mann, ein Schriftsteller, die nötige Zeit vor seinem weißen Schreibpapier verbracht, um die Bewohner eines Bauernhofes ohne Herrn, seine hinterhältigen Knechte, seine Generationen von königlichen Herrinnen zum Leben zu erwecken, um das Gehirn eines Gelähmten zu sondieren und um schließlich, und darauf kommen wir noch einmal zurück, von sich selbst zu sprechen. Von diesem Mann, der noch lebt oder auch schon tot ist, kann ich nur folgendes sagen: Ich glaube, daß ich ihn kenne – aber ich kann mich auch irren. Bis jetzt hat er sich immer geweigert, dieses Buch als das seine anzuerkennen und zugleich seine Erlaubnis für einen offiziellen Neudruck zu geben. Eine sehr unbequeme und absurde Position, genau wie das Gespräch, das ich vor Jahren mit diesem Phantom führte, wo ich als Verleger vielleicht mit dem Autor eines Buches sprach, das dieser vielleicht geschrieben hatte. Ein seltsames Treffen, und ein Abglanz einer möglichen Unterhaltung. Er sagte »der Autor« und sprach damit (vielleicht) von sich selbst: »der Autor weigert sich ... der Autor untersagt ... es ist dem Autor unmöglich ...« Ich antwortete, denn der Gebrauch der dritten Person ist ansteckend: »Aber der Verleger würde bereit sein zu ...« Zu vielen Dingen; zu äußersten Konzessionen. Aber es war nichts zu machen; er wollte nicht, daß dieses Kind, das er verleugnete, von irgend jemand aufgenommen wurde. Hier wäre zu bemerken, daß diese Einstellung juristisch nicht haltbar ist. Wenn ein Schriftsteller auch das gute Recht hat, wie es schon vorgekommen ist, einen Text, nachdem er ihn veröffentlicht hat, zu bedauern und dann jeden Nachdruck zu untersagen, so kann er nicht zugleich leugnen, ihn geschrieben zu haben und zugleich Eigentumsrechte geltend machen, um seine Verbreitung zu verbieten. Nichts hinderte mich also daran, *Irène* zu veröffentlichen. Dummerweise vielleicht habe ich mich aber seither immer durch diese unlogische und starrköpfige Weigerung gebunden gefühlt.

Was nun die tieferen Ursachen dieser Weigerung anbetrifft, so möchte ich ganz beiläufig sagen, daß ich sie zu verstehen glaube. Die Zensur, die heutzutage von viel aggressiveren Publikationen lahmgelegt wurde, hat nichts damit zu tun; niemand würde *Irène* heute verdammen.

Aber sicher ist, daß in diesem Text, obwohl er kaum autobiographische Züge zu enthalten scheint und der zweifellos anfangs eine Auftragsarbeit war, vor vierzig Jahren ein junger Mann sehr viel von sich preisgegeben hat, womit er gar nicht rechnete, als er das erste Wort auf die erste Seite seines Manuskriptes schrieb. Ob er nun noch andere Bücher geschrieben hat oder nicht, dieses Buch enthält das Bildnis seiner unsicheren und arroganten Jugend, das aufrecht zwischen seiner Schwäche und seiner unverschämten Begabung steht. Meines Erachtens tritt darin außerdem der Mechanismus seines Genies offen zutage. Es ist summa summarum, selbst wenn es sich um sein einziges Buch handeln sollte, sein Meisterwerk. Und dieser Wert ist es wahrscheinlich, der uns nicht gestattet, jemals zu erfahren, wer es geschrieben hat.«

Jean-Jacques Pauvert